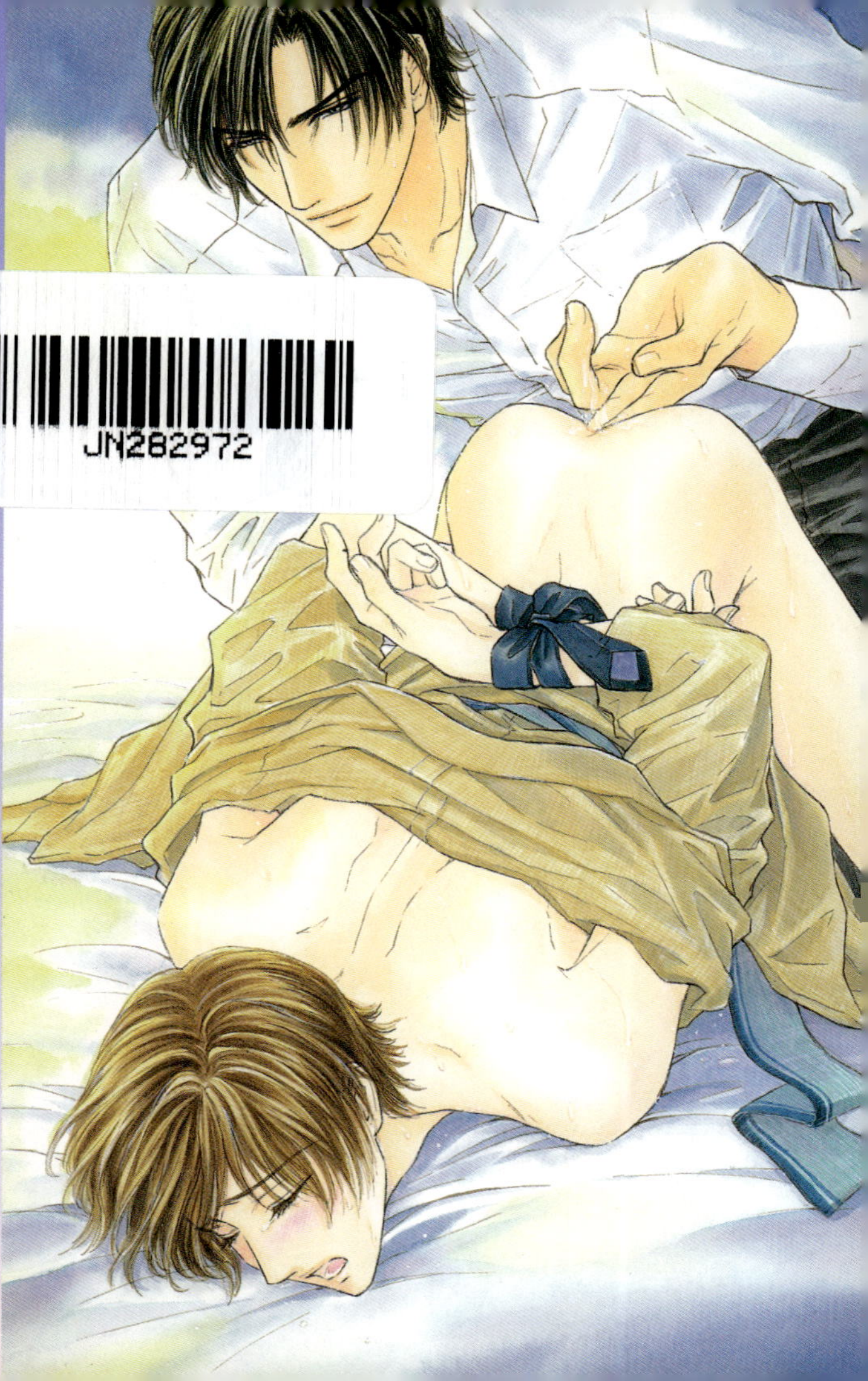

蝶よ、花よ

蝶よ、花よ

雪代鞠絵

幻冬舎ルチル文庫

CONTENTS ✦目次✦

蝶よ、花よ

✦イラスト・せら

✦カバーデザイン＝高津深春（CoCo.Design）
✦ブックデザイン＝まるか工房

蝶よ、花よ

雨の中で、朝比奈希《あさひなのぞみ》はブランコを揺らしている。

滑り台と砂場、鎖が錆《さ》びたブランコだけがある寂れた小さな公園だ。周囲には雨音がするばかりで人気《ひとけ》はない。

市内中心部から外れた名前も知らない街を線路沿いに歩き続けて、最終電車が過ぎた駅の傍らにこの公園を見付けた。少しだけ休憩しようとブランコに座っていると、やがて雨が降りだした。そのままもう何時間こうしているか分からない。

雨を避ける手立てもなく、頼る人もいない。薄汚れたシャツのポケットには小銭があるばかりだ。

全部で八十二円。

二十歳の男の所持金としてはかなり貧相だ。しかし希はそれをたった八十二円、と思うことは出来なかった。たかだか小銭の、その一円たりとも希が自分で稼いだものではなかったからだ。それは一週間前、屋敷を出る直前に、神野和紗《じんのかずさ》から手渡された一万円の成れの果てだった。

「五十万円、どうやって集めるつもりか知らないが、借りるにも働くにもそもそも一文無しじゃどうしようもないだろう。一週間後にこれが五十倍になって返ってくるなら俺も損はしないさ」

尊大な態度で希を見下ろす男に面白そうに笑われて、心底腹が立って、希は絶対にこの一万円を使うものかと思った。

きっとあの男を見返してやる。朝比奈の名前も、屋敷も、今は踏みにじられている希自身のプライドも、何もかも守り抜いてみせる。なんのあてもなかったが、約束どおりに五十万円、耳を揃《そろ》えて用意してみせる。

そう決意して、屋敷を飛び出した。

けれど、もともと外の世界に慣れない希は何をするにも要領を得ない。実際には屋敷を出たその翌日、希は一万円札を崩し、コンビニエンスストアでパンと飲み物を買った。あの男の金で食べ物を買うのには忸怩《じくじ》たる思いがしたが、飢えて渇いては身動きのしようもなかった。次の日は朝からひどく冷えて、繁華街にあったカプセルホテルというものを利用した。

一縷《いちる》の望みを込めて訪れた親戚たちの家は、話に聞いていたとおりも抜けの殻だった。父と長い付き合いがある取引企業に行くと、「朝《あさ》ひな」の名前を出すなり門前払いされてしまった。その移動のための交通費もばかにならず、金を稼ぐために仕事を見付ける方法もよく分からない。そもそも、希のような人間を雇ってくれるような職場があるかどうかもあやしい。

自分でも呆気《あっけ》に取られるほど、希は非力だった。

屋敷を出て、一週間で五十万円を工面《くめん》するように。それが出来なければ、彼の足元に傅《かしず》いて「飼われて」生きると、あの男――神野和紗と約束したのに。

何も出来ないまま時間が過ぎて、一週間の最終期限が今日だった。

不意に、公園を囲む背の高いフェンスの向こうを白い光が走った。車のライトだ。ずっしりと重いエンジンの唸《うな》りだけで、車体のもののしさが分かる。やがて公園の入り口に、黒塗りのメルセデスが横付けされる。

後部座席の扉が開いて、男が姿を現した。仕立てのいいスーツを着たすらりとした長身に、トレンチコートを羽織っている。遠目にもはっきりと分かる、その冷徹そうな美貌。まだ二十代半ばの若々しくも凄《すご》みのある迫力を纏《まと》っている。

神野和紗だった。彼に傘を差しかけたのは、秘書の香坂東《こうさかはじめ》だ。

「傘はいい。すぐに戻る」

香坂を制して、和紗は一人、真っ直ぐにこちらに近付いて来た。雨に濡れることなど少しも気にしていないらしい。

希はとても不思議だった。一週間の間、希は和紗に一切の連絡をしなかった。この公園はたまたま足を止めただけで彼と待ち合わせをしていたわけでもない。何故《なぜ》、希がここにいることが和紗に分かったんだろう。

いや、そんなことを聞いても意味はない。多分、この男は希が想像も出来ないような色んな力を持っている。希の足取りを追うくらい造作もないに違いない。

「雨に濡れるのにもう飽きただろう」

目の前に立ち、和紗がそう尋ねる。低いが、明瞭な声だ。冷たい雨の中で、酷薄な言葉を告げるのにたいそう相応《ふさわ》しい。希は黙ってただ俯《うつむ》いていた。髪からまた一滴、水滴が落ちた。右足が痛いと思った。ふくらはぎにある傷がひどく痛む。もう古い傷なのに、冷やすといまだに疼《うず》く。

「約束の一週間だ。五十万円は？　無事に工面出来たのか」

その答えを和紗も当然知っているはずだ。

五十万円。全額用意出来たのなら、こうして真夜中にブランコに揺られて、雨に濡れるような情けない有り様にはなっていない。

「屋敷に帰って来い。自分がどれだけ無能で非力か、もう思い知ったはずだ。名家の矜持《きょうじ》なんかいくら振りかざして見せてもなんの役にも立たなかっただろう。外の世界には、どこにもお前の居場所なんかない。このまま外にいても路頭に迷うのが落ちだ」

「そのほうが、あなたには都合がいいんじゃないですか」

ブランコの鎖を握り締め、希は威圧的な男の黒い瞳《ひとみ》を睨《にら》み上げる。濡れねずみで、着ている物も体も薄汚れている。飲み食いもままならず、どこに行っても追い払われて、肉体的にも、精神的にも疲弊しきっていた。

自分の非力と朝比奈家の終焉は、この一週間でもう思い知らされた。この男がどれほど容赦がないか、朝比奈家を憎んでいるかも知っている。

それでも、どんなに追い込まれても、希は胸に抱くこの一族の誇りだけは捨てまいと思った。

「このままもう俺のことは放っておいて下さい。そうしたら、あなたの知らないところで勝手に野垂れ死にます。それで朝比奈家は完璧に途絶えます。あなたもそのほうがせいせいするでしょう」

「忘れたのか？　俺はただ朝比奈の家を断絶させたいだけじゃない。お前を飼うつもりだって言ったろ」

和紗が皮肉そうに笑う。

「下町の織物工房で育った野蛮な盗人《ぬすっと》が、やんごとない名家最後の一人をあのでかい屋敷で飼う。蝶よ、花よで育った綺麗なお姫様を足元に服従させる。それでやっと全部俺の思いどおりだ。面白おかしい復讐劇が終わる」

「――――下衆《げす》」

自分が知っている中で一番下品な言葉を選んで、男に叩きつける。

しかしその途端、長い腕が伸びて、片方の手首を捕えられた。抵抗の暇はなかった。奪うような乱暴な仕打ちの弾みでブランコが揺れ、希は大きく体を前に傾ける。

「罵《ののし》られてやるのはわけないが、いいのか？　つけが大きくなるだけだぞ」

真っ直ぐにこちらを見下ろすその瞳から、目を逸《そ》らせない。

緊張に、喉《のど》がごくりと鳴った。

素直に怖いと思った。もともと、希は決して気が強いほうではない。二十歳になって情けない話だが、他人に触れられることにすら慣れていない。線が細く、黒目がちの大きな瞳や、色素の淡いどこか少女じみた容姿と相まって、いわゆる深窓の令息かと和紗には初対面の時に揶揄《やゆ》された。

どんなに虚勢を張っても、絶対にこの男には敵《かな》わない。人間として、自立した男としての格が違いすぎるのだ。

「おとなしく屋敷に戻れ。最初から一週間っていう約束だったはずだぞ。それが守れないで何が一族の誇りだ。朝比奈の人間は揃いも揃って卑怯者なのか？」

「…………」

希は唇を嚙《か》み締め、摑《つか》まれていた手首を振り払う。和紗は肩を竦《すく》めると、コートのポケットに手を入れ、踵《きびす》を返した。公園の出入り口で待機しているメルセデスに向かって歩き始める。

「俺から逃げられると思うなよ。もし逃げても、どこに行っても必ず連れ戻す――もっとも、お前には行く場所なんかないだろうけどな」

雨はまだ降り続いている。

真っ直ぐに落ちていく雫《しずく》は鋼の格子のようにも見える。一週間、外の世界にいたはずなのに、この濃い闇《やみ》はまた、いつの間にか希のすぐ傍《そば》まで迫っていた。

何も出来ないままこうしてまた、そこに連れ戻されていく。

希はブランコからゆっくりと立ち上がった。立っただけでひどい眩暈《めまい》がする。右足の傷は相変わらず、鼓動に合わせてずきずきと痛む。濁った水溜りの中も、荷物のように引きずって行くしかない。

それでも真っ直ぐに歩こうと思った。メルセデスの車体にもたれた和紗が、じっと希を眺めているのが分かったからだ。

最後の最後まで。力の尽きるまで、あの男には、あの男だけには弱った姿を見せたくない。

それが希の最後の矜持だ。

降り頻《しき》る雨音の向こうで、ブランコがまた、きい、と鳴く音が聞こえた。


その日、希は一人で生活している離れの広縁に座って、いつものようにスケッチを描いていた。広大な庭園に咲く秋桜《コスモス》は、季節の盛りを迎えている。

折悪く朝から曇天で、薄暗い空を見上げて、希はふと切ない気持ちになった。

——今日は曇り空だから、青はいらない。

長年眺めた景色を描くのはこれが最後かもしれない。もう二度と、この離れに戻ることもないかもしれない。だからなるべく丁寧に素描を取っておこう。

希が手にしているのは木部のない、芯《グラファイト》だけで作られた鉛筆だ。硬いそれを削った小刀のことを希は考える。鞘《さや》を取れば手のひらに収まるくらいの、そう大きな刃物ではない。けれど、使い方によっては充分な殺傷能力がある。

「熱心ですね、こんな時まで絵を描いてらしたんですか」

穏やかに問いかけ、男は希のすぐ背後に立った。

香坂東だ。父の葬式に弔問に訪れているのを見かけた。

長身にベージュ色のスーツを纏い、爽やかなグリーンのネクタイを締めている。年齢は三十前だろうか。色素が淡く、やや甘めの顔立ちだが、銀フレームの眼鏡《めがね》が理知的な雰囲気を醸し出している。物腰や口調もとても落ち着いていて、品がいい。これが、「あの」神野和紗の秘書だという。

「他に、することがないので」

「麻紙や墨も使われるんですね。描かれるのはやはり日本画ですか？　ご家業の影響を受けられたようですね」

「分かりません。特に意識したことはありません」

希の答えはごく素っ気なかったが、香坂はまるで気にした様子もない。にこやかな笑顔で希を促した。

「神野が主座敷であなたをお待ちしています。どうぞいらして下さい」

母屋はもう、神野のものとして扱われているらしい。

希は努めて冷静にスケッチブックを閉じた。しかし、立ち上がろうとして、ついよろめいてしまう。希はその日、あまり着慣れないシャツと、コットンのパンツを身に着けていた。スーツは持っていないし、普段着にしている和服では、初対面の人間に会うには無礼なようにも思えた。

それに毎年のことだが、冬が近付くにつれて傷の走った右足の動きが鈍くなってしまう。香坂がそつのない口調で希に手を差し出した。

「手を貸しましょうか」

「いいえ、構わないで下さい。動きは遅くなりますが、立つのも歩くのも自分で出来ます」

希はきっぱりと香坂の手を拒絶した。毛を逆立てる猫のような希に香坂は苦笑したようだが、体に触れられて、懐に隠し持った小道具が見付かると困る。

それに、どんなに親切な言葉をかけられても、彼が神野の側の人間だという事実に変わりはない。情けをかけられているという屈辱感は拭《ぬぐ》いようもなかった。

「それから、敬語を使うのをやめてもらえませんか。年上の方に敬語を使わせるような育ち方はしていません。却《かえ》って馬鹿にされてるみたいで落ち着かないので」

「これは失礼。仮にも格式ある旧家のご血統にある方ですから、相応の礼節を持つべきだと思いました。だけど明らかに年上の俺に敬語を使われても、確かに君にしてみれば気分がいいもんじゃないよな。俺も仕事なんで、気を悪くしないでもらえると有り難い」

「はい……」

もともとおおらかな性格なのか、香坂は途端にくだけた口調になる。そうすると自分が聞き分けないことを言ったような気がして、希はますます居心地が悪くなった。

石畳の渡り廊下から母屋の玄関を抜け、座敷に沿って雁行《がんこう》した広縁を歩く。

この屋敷には人の出入りが多く、かつては毎日、染め上がった絹の反物が山のように運び込まれた。しかし今は人気がまるでない。聞けば、大勢いた使用人も、神野が全員を解雇してしまったという。典雅な雰囲気を漂わせる旧家の佇《たたず》まいも今は侘《わび》しいばかりだ。

「朝ひな」は絹織物の専門商社だ。絹糸から着物や帯を仕立てることを生業《なりわい》とし、この京《きょう》都《と》で四代二百年の歴史を持つ。

友禅の染付けに特殊な技術を持ち、最盛期には工房に落款《らっかん》を持つ作家を何十人も抱えていた。創始者が華族の末裔だった名残か、製品には雅やかな気配が満ち満ちており、美しい伝統工芸を伝える一族として、「朝ひな」の人間はどこに出ても憧憬と尊敬をもって迎えられた。

その四代目の社長が希の父親だ。いかめしい顔つきの大男だったが、仕事の時も自社の長着と羽織を好んで纏い、自家への自信と誇りを漲《みなぎ》らせている人だった。一方、希の母は「朝ひな」の工房で下働きをしていた家の出だった。

小柄で優しげな、たいそう清楚で美しい人だったと希も記憶している。しかしもともと丈夫ではなかったため、希が十歳のときに病気で亡くなった。

希は実母の血を引いたのか、子供の頃から病弱だった。さらに十歳の時に交通事故に遭って右足の足首からふくらはぎにかけて深い怪我を負った。

足を軽く引きずる後遺症が残ったこともあり、父の命令で人の出入りが多い母屋から静かな離れへと住居を移された。希は「朝ひな」の跡取りだ。重責に耐えるには頑健な体が必要だから、充分に養生しなければならない。父は厳かな口調で希に告げた。その隣には確かもう、義母が座っていた。希の母の死後、しばらくして父が後妻として娶《めと》ったのは、分家出身の三十歳も年下の女性だった。

その後、希の体調は改善することなく引きこもりがちになって、結局高校も通信制で卒業した。十歳から二十歳になるまで、離れでの希の日常はごく淡々としたものだった。

食事と薬湯が日に三回、母屋から運ばれてくる。数人の使用人と顔を合わせる以外は長い長い一日を、絵筆を持って過ごす。

古く広大な屋敷の片隅で、そんな毎日が永久に続くかのようだった。

ところがつい、十日前、父が突然、仕事中に卒中を起こし、倒れた。数日昏睡したが、結局意識が戻らないまま逝ってしまった。希には父が死んで悲しいのか寂しいのか、それを自問自答する暇《いとま》はなかった。

それまでは、「跡取り」とはいえまだ無理がきかない体だからと遠ざけられていた「朝ひな」の経営について、大変な事実を突きつけられることになったからだ。

朝比奈家は、乗っ取りを受けていた。屋敷も、父を筆頭に一族で経営していた会社も、伝統も、そのすべてを一人の男に奪われようとしていた。

「――――逃げなかったのか」

それが神野和紗の第一声だった。

香坂に付き添われて辿《たど》り着いた主座敷は、庭が見渡せるよう障子がすべて開け放たれている。黒い漆塗りの座卓は、何故か床の間の前の上座が空けられていた。この屋敷の新しい主となった男は、上座の横、庭を望む位置に座っていた。

この男が神野和紗。

右足を庇《かば》いながらゆっくりと座布団に着き、希は内心でひどく驚いていた。朝比奈家を乗っ取ったという男は、とても若い。どう見ても二十代半ばだ。社長と呼ばれているからには壮年の紳士かと思い込んでいたが、秘書だという香坂よりさらに四つか五つ、年下のようだ。

けれど、彼には年長者に傅かれても不自然さのない、はっきりとした風格があった。

それは名家に生まれた者にありがちな、諍《いさか》いのない場所で育てられての気品や優雅さというなまやさしいものではない。激しい競争を重ねることでしか身につかない、精神の強さをありありと感じさせる。

そして何より、――彼はたいそうな美形だった。精悍《せいかん》で、切れ長の目が印象に残る、野性的な顔立ちをしている。肩の辺りががっしりとしていて、座っていても長身であることが分かった。長めに伸ばされた黒髪も、彼をいかにも無頼に見せている。

「今の自分の立場は？　もう弁護士や俺の秘書――ここにいる香坂から、全部説明は受けているのか」

希は背筋を伸ばし、ゆっくりと顔を上げる。忙《せわ》しない動作をすれば、本当は怯《おび》えていることがばれてしまうような気がした。

「朝比奈家の全部が、あなたのものになったというお話は伺っています」

「一族が離散したことは？」

「知っています。父の初七日からまだ三日しか経《た》ちませんが、……義母は以前から懇意だった男性と外国に、経営に関わっていた親戚もそれぞれ散り散りで行方が分からないと、弁護士の先生から教えてもらいました」

和紗は唇の端だけで笑った。そんな皮肉っぽい表情もよく似合う男だった。

「『朝ひな』の高慢ぶりは業界でも指折りだったが、俺みたいな若造に跪《ひざまず》く屈辱を味わうくらいなら家名も屋敷も捨ててやるってことなんだろう。お前はどうして一人でここに残った？　どうして他の奴らと一緒に逃げなかった？」

「――――この家がどうなるのか、見届けたかったので。せめて誰か一人はここに残って、この家の行く末を見守るべきだと思いました」

「それはたいした責任感だ」

希は睫毛《まつげ》を伏せる。責任感というものとは、少し違う。

どんな事態になろうとも、希は朝比奈家の長子なのだ。この行く末を見守るのは、自分の役割だ。そして最後の最後に、朝比奈家の誇りを守る一縷の望みがあれば。

この男に朝比奈家の最後の矜持を見せ付けることが出来るなら。

どんな無謀なことでもしようと希は思っていた。

「これから『朝ひな』はどうなるんでしょうか」

希は端的にそう尋ねた。無表情ながら、和紗が驚いた様子が窺《うかが》える。

日常的に誰かと会話をすることも少なかったので、希は表情が乏しい。母に生き写しの美貌とは言われるが、男にしては繊弱で人形のように生気がない。そんな希が自ら口を開いて何かを尋ねるとは思っていなかったのだろう。

「『朝ひな』はこれからどうなるんでしょうか。社屋も工房も、この屋敷もすべて差し押さえられていると聞いています」

「『朝ひな』はこのまま経営を続ける。俺の配下に、着物商社の経営を立て直す専門のチームを組んである。お前の父親は経営者としては能無しだったが、うちが融資した金を使って方々で派手な催しを繰り返してくれた。おかげで、『朝ひな』の名前は好事家《こうずか》の間にも相変わらず知名度が高い。これからも充分に利用価値がある。投資した分は、きっちり回収させてもらうさ」

尊大な口調で答える男への敵愾心《てきがいしん》を、希は静かに募らせていた。

そんなことが理由なのだろうか。「朝ひな」の名前を横取りして利用する。所詮《しょせん》は金儲けのため。そんなことのために――朝比奈家は、断絶へと追い込まれたのだろうか。

「お前は足が不自由だと聞いてる。右足だったか？」

不意に自分自身のことを問われて、希ははっと顔を上げた。

「……はい」

「今までほとんど外に出ないで、ずっとこの屋敷の離れに隔離されて育てられたらしいな」

「もともと体が丈夫ではなかったので。足を痛めてからは、外出も出来るだけ避けてきました」

「外に出たいと思ったことはなかったのか？　街中じゃ、お前と同じ年頃の奴らが毎晩遊び回ってるぞ」

「賑《にぎ》やかなのがあまり得意ではないので、外に出て遊びたいとは思いません。体調のことを一番に考えて、今は必要なこと以外はしなくていいと……父の意見で」

最後の一言に、和紗が目を眇《すが》めた。

二十歳にもなって、父に言われるままに自宅に引きこもってろくに働いた経験もない。彼のように若くして成功した人間には不愉快に思えるのは当然だった。

和紗がこの若さでどうやって一企業の社長という立場に成り上がったのか、希には分からない。

けれど、きっと目的のためなら、どんな悪辣《あくらつ》な、大胆な真似でもするのだろう。自分の会社の利益のためなら、どこの一族が破滅しようと罪悪感など欠片《かけら》も感じないに違いない。

きっとそんな男なのだ。

恐らく、希のことも今すぐにこの屋敷から立ち退《の》くよう命令するつもりだろう。「朝ひな」がこの先どうなるかは、望みどおり教えてやった。お前はもう「朝ひな」とは無関係の人間だから、二度とこの屋敷には近付くな。そして生きるも死ぬも、すべて己で決めればいい。

そう突き放されたら、いっそ希は救われていたかもしれない。どれほど惨めな終焉であろうとも、最後の最後で一族の意志と尊厳が認められている。そう思える。

ところが、素っ気なく言い渡されたのは、思いも寄らない言葉だった。

「お前は、これからもこの屋敷で、今までどおり好きなように生活をするといい」

「え……………？」

「今まで、蝶よ、花よで何不自由なく育てられてるんだろう？　ここから放り出して勝手に生きていけと言っても、行くあてもないだろう。いくら俺が潰《つぶ》した家の人間だからといって、悪い足を抱えた怪我人が放浪するのを放置するのは、忍びない」

希は呆然《ぼうぜん》としてしばらく和紗を見詰めていた。数拍置いてからようやく彼の「温情」が理解出来た。希は自分が青ざめていくのを感じた。

「今さら、そんなお気遣いをしていただく必要はありません。俺はこの屋敷を出て行くつもりでいます」

「行くあてはあるのか？」

希がかぶりを振ると、答えなど分かりきっていた様子で彼は傲慢に言い放った。

「だったらここに住めばいい。朝比奈は完全に崩壊してる。再興の余地はない。俺もこれ以上、朝比奈家を追い詰めるつもりはない。――最後の生き残りを保護するくらいの情けはかけてやってもいい」

情け。膝の上で握り締めていた手が冷えて、やがて細かく震え始める。

こんな屈辱があるだろうか。この男は、希にとってこの世で一番憎むべき男なのだ。その男が、希に自分の庇護下に入れと言っている。

希は彼にとって脅威でもなんでもない。すぐ傍で生かしておいてもなんら恐れる必要はない。どうせ、朝比奈家の人間には何も出来ないだろうから。それは崩壊した一族への何よりの侮辱に思えた。

行動は一瞬だった。

希は勢いよく左足で座卓に乗り上がった。ベルトに挟んで忍ばせておいたのは、鉛筆の芯を削る時に使う小刀だ。それを摑み上げ、大きく振りかざし、和紗に躍りかかった。

和紗に驚いた様子はまるでなかった。静謐《せいひつ》な、黒い瞳がじっと希を見据えていた。

動いたのは彼の後ろに控えていた香坂だ。

「あっ！」

横から右足を払われ、小刀を握っていた手首を手刀で叩かれた。

さっき、よろめいた希に手を貸してくれようとした時の穏やかさは欠片もない、恐ろしく俊敏な動きだった。希は受け身の姿勢も取れずに横腹からどっと畳の上に倒れる。小刀が真っ直ぐ吹っ飛んで、目の前の襖《ふすま》にぐさりと突き刺さった。

「……………っ」

起き上がる暇もなく、香坂に背中から膝で押さえ込まれる。襖から抜き放たれた小刀が、なんの躊躇《ためら》いもない手つきで喉元に押し当てられ、希は息を詰める。

「よせ、東」

和紗は正座したまま、目だけを向けて香坂を制した。驚いたというより、あまりの無謀さに呆れ果てたような顔で希を見ている。

「これはなんの真似だ？　大人しいなりでこちらを油断させておいて、隠し持った刃物で俺

を刺し殺すつもりだったのか？」

「……卑怯者」

畳に押さえ込まれた惨めな姿勢で、それでも希は精一杯の力を込めて和紗を睨み上げる。

「卑怯者!! 大金を使って、父たちを騙《だま》して……あなたは最初から『朝ひな』を裏切るつもりだったんだ。最初から『朝ひな』を乗っ取るつもりだったんだ！」

渾身の力で希は男を糾弾した。こんなに大声で何かを主張するのは生まれて初めてかもしれない。

「そんなに欲しいなら、商標でも屋敷でも、なんでも勝手に全部持って行けばいい！ だけど、『朝ひな』の――朝比奈家の矜持だけは絶対に渡さない！」

「朝ひな」は、父の死とともに多額の負債を抱えて破産した。

つい三日前、父の初七日にこの屋敷の居間で繰り広げられた修羅場は、本当に惨憺《さんたん》たるものだった。

「最初から、あの会社はおかしいと思ってたのよ！ あの男、十五年も前のことをいまだに怨《うら》んでるなんて異常だわ！ どうしてあんな卑しい育ちの男に、この屋敷を渡さなければいけないの！ あんな男のものになるなら、屋敷も社屋も、何もかも全部火をかけてしまえばいいのよ！」

喪服を着た義母が絶叫し、号泣していた。他の親戚たちも責任の押し付け合いに夢中で、部屋には怒号と罵声が飛び交っていた。

もともと、数年前から「朝ひな」の経営状態は芳《かんば》しくなかったらしい。せっかく有名な老舗としての名前を持ちながら、父はそれに頼りっぱなしでたいした経営努力はせず、園遊会などの遊興にばかり熱心でいた。とにかく見栄っ張りで、他人の忠告に耳を貸さない。経営者としてはあまり上等ではなかったらしい。その上、「朝ひな」本店の近隣で、新進の同業社が次々にオープンし、売上を伸ばしていた。

「朝ひな」はかつてない資金不足に陥り、昨年から大口の借り入れをするようになった。

その主な相手先が神野和紗が社長を務める「ハイブリット・ファイナンス」という金融業者だ。もともとは美術品売買の信販を行ったり、美術を志す若者に援助をしたりと、芸術振興の支援をしている企業だという。

「ハイブリット・ファイナンス」は莫大な金額を実に容易に、「朝ひな」に貸し付けていた。「朝ひな」の素晴らしい伝統を守り、よりいっそうもり立てるため、ぜひとも援助したいというのが彼らの当初の説明だった。

「ハイブリット・ファイナンス」は礼節正しく誠実なばかりでなく、潤沢な財源を持っており、求めた額を必ず用立ててくれる。

簡単に資金が手に入るようになり、父はいっそう派手な催しに凝るようになった。屋敷で豪華な展示会を開き、一流料亭での夜会に得意先たちを招く。色留袖を着て上機嫌でいる義母と父が連れ立って出かける様子を希も何度も見かけた。

「朝ひな」は一時的に活気を取り戻したかに見えた。強力な資金源を得たことに、父や義母だけでなく、上役の伯父たちまでがすっかり浮ついていた。本社ビルや工房はもちろん、屋敷など、父の名義だった個人資産がすべて担保になっていることに危機感を抱《いだ》く者はいなかったらしい。

経営はいっそう杜撰《ずさん》になり、工房にいた職人たちは半分が去っていった。そのほとんどが「朝ひな」のライバル会社に流れていたことは、後になって分かったことだ。

破滅はあっという間にやってきた。

それまでは、新たな借入や返済期限の延期を快く了承していた「ハイブリット・ファイナンス」がある日を境に態度を翻したのだ。

「ハイブリット・ファイナンス」は返済期限を過ぎている借入額全額の即時の返済を要求した。返済出来ない場合は、担保となっているすべての資産を根こそぎ差し押さえる。

神野が直々に「朝ひな」本社に赴いて父にそう伝えたという。

父は尋常ならないショックを受け、その場に倒れた。そのまま帰らぬ人となり、初七日の席で神野を口汚く罵っていた義母は残っていた資金をかき集め、一番に国外に逃げた。経営に携わっていた親戚全員も、これまで父の散財を煽《あお》り立て、さんざん甘い蜜を吸っていたにもかかわらず、尻拭いさせられることを恐れて散り散りになってしまった。

名家の最後としてはあまりにも情けないものかもしれない。

けれど希は知っている。「朝ひな」の顧問弁護士に懇願して教えてもらった。すべては「ハイブリット・ファイナンス」の罠《わな》だったのだ。新興の同業社を後押しして「朝ひな」の窮状を煽ったのも、工房の職人たちを引き抜いたのも、すべて「ハイブリット・ファイナンス」の仕業だった。甘い融資をする一方で、彼らは密かに「朝ひな」の退路を絶っていた。

朝比奈家の破滅は「ハイブリット・ファイナンス」によって仕組まれたものだったのだ。

「それで俺に一太刀浴びせて気概を見せてやるって思ったわけか？　驚いた。朝比奈の人間は能無しの腰抜けばかりと思ってたが、なかなかたいして度胸のあるお姫様だ。東、構わん、放してやれ」

背中の圧迫が緩む。さっき容赦のない力で希を捩《ね》じ伏せたことが嘘《うそ》のように、香坂は紳士的な態度で手を引いて助け起こしてくれた。

「乱暴したな、悪かった」

目を合わせて丁寧に、謝罪までされる。しかし優しげな風貌から飄《ひょう》々《ひょう》として見えるだけで、職務に対しては恐ろしく忠実な人間なのだと分かった。

「足の悪いお姫様が刃物を持っての復讐劇、か」

和紗は立ち上がると、香坂から受け取った小刀を庭に向かって放り投げた。岩陰の向こうの池に水飛沫《しぶき》が上がるのが見える。

「家を奪われることがそんなに悔しいか」

広縁の柱にもたれて、腕組みする和紗がそう尋ねた。余裕に満ちたかのような口調だ。背が高いので、立っていると、ますます威圧的に、傲慢に見える。

「確かに家を乗っ取られたお前には、刃物を振り上げるだけの理由があるだろう。だけど、俺には俺の理由がある。家を潰される理由を作ったのは、お前の父親だ」

「俺の、父親?」

「俺は伏見《ふしみ》の下町にある染付け職人の家に生まれた。俺の父親と、母親だけで染付けの仕事をしていた貧乏工房だ。ところが『朝ひな』の上得意が親父の作品を気に入って、月に何件も注文を入れるようになった。お前の父親は、格下の小商いに客を取られるのは辛抱ならないと、ありとあらゆる嫌がらせを仕掛けてきた。もちろん金銭的な圧迫もだ」

和紗の淡々とした口調には、却って凄みが感じられる。香坂もごく端然とした様子で、和紗の言葉を否定するでもない。今考えた作り話ではないようだった。

「お前の父親は屋敷まで直訴に出向いた俺の父親に、ろくな名前もない下賤の人間が伝統工芸に関わるなんて僭越《せんえつ》、目障りだと嘲笑《あざわら》ったぞ。その後、親父の店は潰れて一家が路頭に迷う羽目になった。十五年前、俺が十一歳のときだ」

十五年前。そういえば、確かに義母も、そんなことを言っていた気がする。

十五年も前のことをいまだに怨んでいるなんて異常だと。

「当時はお前の父親の全盛期だ。格式や伝統を何より好む業界だから、お前の家の人間はここに行ってても耳目を集めてもてはやされたはずだ。それが小さな工房に大得意を取られて黙って見過ごすはずがない。業績への影響よりは面子《メンツ》を潰されたみたいで面白くなかったんじゃないか」

希はそれを否定出来ない。実際、父はそんな子供っぽいところがある人だった。

「だから、これは俺から『朝ひな』への復讐だと考えてもらっても構わない。お前は経営に明るいようじゃないから教えてやろう。多少利用価値があるといっても、たかだか数百年続いた呉服屋の商標を奪うのにそんな大金をかける男はいない。俺はどんな法外な手段を使ってでも、あの高慢ちきな一族から、何もかも、全部を奪い尽くしてやりたかっただけだ」

店を潰して一族を離散させる。彼の話が本当ならば、希の父親が十五年前にした仕打ちとまったく同じ方法で彼は朝比奈家に報復したことになる。

希ははっと息を呑んだ。

「まさか………」

希の父は、神野直々の来訪を受け、新たな融資を拒否された時に倒れたのだ。何か尋常ならないショックを受けた様子だと漏れ聞いている。

「まさか、父は――あなたの正体を知って、ショックを受けて倒れたんですか」

「知らん。確かに俺の正体を告げるなり倒れたが、以前からの放蕩《ほうとう》が祟《たた》ったんだろう」

それからこちらに近付いて腕を伸ばすと、畳にじかに座っていた希の顎《あご》を摑んだ。断りもなく顔に触れる、こんな不躾《ぶしつけ》な扱いを、希は今まで受けたことはなかった。驚いて思わず振り払ったが、すぐに捕まり、悔しさでいっぱいの顔を無理やり見詰められる。

「もう一度聞こう。俺が憎いか？」

「――憎いに決まってる」

率直に答えると、和紗は満足そうに微笑した。

「それなら、ここで提案だ。俺と賭けをしてみないか？」

「……賭け？」

「本当に矜持を持ってるなら、それを守るために最後の最後まであがいてみるべきだろう」

いったい何をしろと言うのか。希は不信感を隠すことなく目で尋ねた。和紗が何を言っても、悪辣な罠を仕掛けられているような気がする。

その表情がよほど警戒心に満ちていたのか、和紗は面白そうにからかった。

「そう身構えるな。簡単なことだ。この屋敷から一週間だけ出してやる。その間に五十万円でいい。五十万円、用意してみせろ」

五十万円。

希は訝《いぶか》しく思った。「朝ひな」の借金とは桁《けた》が違う。確たる根拠を持っているかのように告げられたその額に、どんな意図があるのか希には少しも分からない。

「どうして五十万円なんですか。そんな額じゃ、『朝ひな』の借金をお返しすることは出来ません」

「深い意味はない。お前の父親の真似をしてるだけだ。お前の父親は俺の親父に、どうしても金の工面がつかないなら、一週間五十万円でお前の女房を買ってやろうと言ったんだ」

侮蔑を露《あら》わにする口調でそう言うと、和紗は肩を竦めた。

希は言葉を失って赤面してしまう。自分の父親がそんな下品な提案をしていたと知らされるのはさすがに恥ずかしい。何より、面と向かってぶつけられた『買う』、という直截な単語に、初心《うぶ》な希はどうしても居たたまれなさを覚える。

「もしも、金の工面がつかなかったら、抵当に入ってる社屋やこの屋敷はもちろん、お前自身ももらう。さっき言ったようにただ庇護下に入れるわけじゃない。俺の持ち物としてこの屋敷に囲う」

希はつい、きょとんとしてしまった。「持ち物として囲う」という言葉は希の知識にはない。

「かこう……飼う……？」

似た言葉を口にしたが、和紗はやれやれと香坂に笑いかけた。

「なるほど、これが深窓の令息っていうやつか。呆れるほど擦れてないな」

「品のいい言葉ではありません。意味をご存知ないんでしょう。ずっとお屋敷の中で育ったのなら無理はありません」

「そうだな。じゃあ飼うと考えていればいい。それが何を意味するかは、お前が負けたときにたっぷりと教え込んでやる」

それから男はまた、不敵な笑みを見せる。

「さあどうする？　勝つも負けるもお前の努力次第だ。何もかもを運に任せるわけじゃない。どう思う？　香坂」

「社長にあられては、ご慈悲深いご判断かと」

香坂がそう言って、恭しく頭を下げた。和紗が冷笑を浮かべて、希の返事を促す。

それがこの賭けの始まりだった。

希は畳から立ち上がり、主座敷の出入り口に向かった。

外へ出てもなんのあてもなかった。つい数日前まで、まるで深い水底にいるかのような、外部とは隔絶された場所で静かに生活していたのだ。いくら世間知らずとはいえ、乗っ取りにあった直後の「朝ひな」の人間が世間でどんなふうに扱われるか、ぼんやりとながら予想がつく。

寄る辺《べ》ない立場で、しかも時間は一週間しかない。

「待て」

和紗は財布を取り出すと、ぞんざいな手つきで一万円を抜き、希に差し出した。露骨な施《ほどこ》しに、希は不愉快な気持ちを隠さずにふいと顔を背けた。

「……いりません」

「五十万円、どうやって集めるつもりか知らないが、借りるにも働くにもそもそも一文無しじゃどうしようもないだろう。一週間後にこれが五十倍になって返ってくるなら俺も損はしないさ」

希は唇を噛んだ。反論は出来なかった。

「朝比奈家最後のお姫様がどこまで頑張りきれるか、見物《みもの》だな」


柔らかい布団。清潔な浴衣《ゆかた》。

一週間ぶりのまともな食事と入浴を終えて、希は畳の上に敷かれていた布団の上に腰を下ろした。その柔らかさに、ほっと溜息をつく。

天井の照明は消されていて、枕元には竹を組んだ円柱型の行灯《あんどん》だけが灯《とも》されている。行灯の中に灯している明かりは蠟燭《ろうそく》ではなく白熱灯が使われているが、飴色《あめいろ》がかった和紙を透かし、まろやかな光が室内を照らしている。庭に面した障子はまだ開け放たれていて、夜闇の中、しとしとと雨音だけが聞こえている。

さっきまで、希を打っていた雨だ。

和紗に公園からこの屋敷に連れ戻されて、通されたのは希がこれまで生活していた離れではなく、この母屋だった。しかも南側にある一番上等な部屋だ。十五、六畳もあり、広縁の向こうには広い庭園を一望に出来る。用意されていた浴衣も上質の麻の仕立てで、まだ糊《のり》がついた新品だ。丈もぴったりと合っている。まさか、わざわざ希のために誂《あつら》えたものだろうか。

それを親切だと素直に感謝することなど、出来るはずがない。

つまり和紗は、賭けの話を持ち出してきたその時から、希がここに帰って来ることを予測していたわけだ。屋敷を出た一週間後に、希が自分の世間知らずに打ちのめされて、途方に暮れることなど百も承知だったのだ。

希自身より、和紗のほうが希の非力を把握している。よく考えたらそもそも、あのいかにも切れ者の男が自分に分《ぶ》の悪い賭けを持ち出すとは思えない。それが見抜けなかった自分が、恥ずかしかった。

これから自分がどうなるのかという不安も強かった。

彼は希を飼う、と言っていた。それは犬や猫と同じ扱いをするということだと希は思っていた。

もしかしたら、夜が明けたらこの部屋を追い出されて、犬のように裸で鎖に繋《つな》がれて、庭で生活をさせられるようなこともあるかもしれない。希は刃物を振り回した挙げ句、さんざんあの男をなじったのだから、そんな仕打ちを受けても文句の言いようがなかった。単に今だけ、贅沢をさせて油断させているのかもしれない。彼が「朝ひな」を落としたのと同じ手口だ。

ふと薄暗い床の間を見ると、そこに大小山ほどの包みが積み上げられているのに気付いた。勝手に包みを開ける気にはなれないが、うぐいす色の包装紙は希にも見覚えがある。近付いて一番上に載っていたその一つを手に取ってみる。やはり、希がほんの時折出向く、左《さ》京区《きょうく》の画材屋のものだった。これは大きさからすると筆箱だろうか。その他に、絵の具や和紙、色鉛筆、希が絵を描くのに使う一式がすべて揃えられている。

――なんのつもりなんだろう。

希は眉を顰《ひそ》めた。買ったのは和紗に違いない。けれどなんのつもりか分からない。まさか、希への贈り物だとでもいうんだろうか。いくら賭けに負けたとはいえ、自分の家を根絶やしにしようという男からプレゼントを受け取って喜ぶほど気楽な性質《たち》ではない。

あの男が何を考えているのか、希には少しも分からない。

その時、襖がすらりと開く。和紗が姿を現した。

希は一気に緊張して、体を強張らせた。

「まだ起きてたのか」

背後についていた女中を、片手を上げて下がらせる。

和紗はこの屋敷の二階を自分の住処《すみか》に決めたらしく、ついさっきまでそこで香坂と仕事をしていたようだ。スーツ姿で、まだ厳しい緊張感を漂わせている。それでも希が手にしている小箱を目に留めると、眉の辺りの険を緩ませたようだ。

「気に入ったか？　どれでも好きに使うといい」

やはり、これらは全部、和紗が希のために用意したもののようだ。

「浴衣の仕立ては？　急いで誂えさせたから、もしかしたら丈が合わないかもしれない。不自由はないか？」

「神野さん」

「和紗でいい」

「か…………、和紗さん、これはなんでしょうか。画材がこんなにたくさん」

「お前のために用意させた。絵を描くんだろ」

当然のように言われて、希は筆箱の包みを元の場所に戻した。顔を背け、きっぱりと拒絶の意志を表す。

「困ります。こんな高価なものばかり、いただく理由がありません」

「絵を描くのはお前の趣味だと聞いてる。これからも続ければいい。足りないものがあれば、香坂にでも言っておけ。俺は絵のことはよく分からないけど、あいつは詳しいんだ。品物は知り合いの美術商に揃えさせる」

「でも」

希が生活していた離れに行けば、浴衣はもちろん、画材がちゃんと置いてあるはずだ。決して高価でも新しくもないが、希が長い間使い、慣れ親しんだものばかりだ。

「口答えは聞きたくない。もう買った物だ。素直に受け取っておけ」

それでも希が何かを言おうとすると、和紗は乱暴な仕草で、庭との仕切りの障子を閉める。部屋に入ってきた当初はそれなりに優しいように思えたのに、言葉を重ねるにつれてだんだん、彼が不機嫌になっていくのが分かった。

「俺の命令に逆らうな。お前は、今日から俺に飼われるんだ。その条件で賭けに乗ったはずだ。それを今さら反故《ほご》にするつもりか？」

そう言われたら、希も返す言葉がない。

飼われる、ということが何を意味するのかよく分からないが、彼に反発出来る立場でないことくらいは理解している。

畳の上に座り込み、そっぽを向いている希の目の前に、和紗が膝をついた。手首が取られ、それが彼の唇に寄せられる。

柔らかな感触に、ぎくりと身が竦んだ。

「お前は賭けに負けた」

「…………」

「もう、お前の全部が俺のもの——そういうことだ」

長い腕が伸びて、不意に抱き締められる。その強さに一瞬呆然として、希は彼がなすがままに布団に押し倒される。浴衣の裾《すそ》が大きく捲《まく》れ上がり、膝から太腿まで全部が露わになる。

「…………神野さん？」

淡い暗闇の中で、いっそう深みを増す男らしい美貌を、希は不思議な気持ちで見上げた。褥《しとね》の上で体を重ねられる。浴衣越しに、男の高い体温を感じる。この状況の意味が、希にはまるで分からない。

「和紗だ」

「和紗さ、…………っん」

信じられない思いで希は目を見開いた。彼の体の下に敷き込まれたまま、唇に柔らかく、温かい感触が押しつけられる。希は和紗から、接吻を受けていた。

「ん…………っ　ん…………!?」

逞《たくま》しい腕からなんとか逃れようと手足をばたつかせたが、和紗は希の抵抗などものともしない。いったん唇を離して、恐慌と混乱に戦《おのの》く希の表情を見据えると、再びより深く、唇が重ねられる。呼吸もままならず、息苦しさに食い縛っていた歯を緩めると、とろりと舌が潜り込んでくる。

「ん………ん、ふ………っ」

際どい感触に、希は喉を仰《の》け反《ぞ》らせた。そこにも唇が触れ、脚の間には膝が入り込む。希は拳《こぶし》で男の胸を叩いた。

「嫌、どう、して………っ！　こんな、無礼な真似はやめて下さい！」

「無礼？　どこの世界に囲った愛人に敬意を払う飼い主がいるんだ？」

白い敷布の上をずり上がって逃げようとしたが、肩を上から押さえて、妨げられる。

「性交《セックス》の知識くらいあるだろう？」

無造作に、その言葉が投げかけられた。希はかあっと頬が熱くなるのを感じる。

もちろん、その言葉が何を意味するのか、それくらいの知識はある。けれど、それは男女の間だけで行われる秘めやかな行為であるはずだ。それなのに、和紗の次の言葉を聞いて、希はいっそう激しく驚き、狼狽した。

「今から、俺とお前はセックスするんだ」

「な………」

「お前は俺のセックスの相手をするためにこの屋敷で暮らす。それが囲われる――愛人になるということだ」

「冗談はやめて下さい！　俺は、男です！」

真っ当な主張は、しかし一笑に付されてしまう。

「もちろん承知してる。自覚はないか？　それでも充分にそそる」

胸元で重なり合っていた布地を無理やり左右にはだけられた。露わになった希の素肌を見下ろし、和紗は目映《まばゆ》いように目を細める。

「お前は綺麗だ。この顔も、体も、肌も。甘い菓子で作った人形みたいで、見惚れそうになる。お前を手に入れただけでも、面倒な手を使って『朝ひな』を落とした甲斐があった」

「いやだ、嫌」

この男はどこまで冷酷で容赦がないのだろう。若くして地位も金も持っていて、どんな女でも好き放題に手に入るだろうに、それなのに、わざわざ希に不自然な同性同士の性交を強いている。屋敷や「朝ひな」の名前を奪っておいて、その上、体も、心も、希の何もかもをすべて略奪するつもりでいる。

「いやです、絶対に、嫌だ…………っ！」

希は半狂乱になって男に抗《あらが》った。

布団から四つん這《ば》いになって飛び出すと、床の間に山と積み重ねられていた包みを無我夢中で投げつける。怒った小猿のような希の振る舞いに、和紗は苦笑を浮かべて、難なくこちらに近付いた。再び腕を取られ、悲鳴を上げたが、易々《やすやす》と布団に連れ戻されてしまう。

「いや！　いや！」

圧《の》し掛かる体をどけようと何度も身を捩《よじ》り、両手首をまとめて頭上に押しつけられると、今度は足をばたつかせる。蹴飛ばした行灯が勢いよく吹っ飛び、障子の桟《さん》まで突き破って広縁に転がり出た。

「お願いです、誰か！　誰か、たすけ……っ！」

希は絶叫した。けれどその声は、広い屋敷の闇に空しく掻《か》き消える。

これだけ暴れて、凄まじい物音を立てて、それでも、襖の向こうの廊下には誰かが駆け寄って来る気配などまるでなかった。

「……まったく、深窓のご令息かと思ったら、とんでもないじゃじゃ馬だな」

和紗は呆れた様子で笑っている。無駄な抵抗を繰り返し、さんざん暴れて、ぜいぜいと息を切らせる希の右足首が握り締められた。

「あああっ!!」

そこは希の体の中で痛みに最も弱い場所の一つだ。

希は体を丸め、呆気なく弱音を吐いた。

「いた、い……っ、や……っ」

「気位の高いお姫様。教えておいてやるが、どれだけ騒いでも誰も助けになんか来ないぞ。使用人がいる棟は遠いし、香坂がいるのは二階だ。万一お前の声が聞こえても、俺がすることに口出し出来る人間は、この屋敷にいない」

「あ……っ、あ！」

「暴れようが、謝ろうが、お前が俺の手元から解放されることはない。覚悟を決めろ」

痛みに戦いていた体が、呆気なく腹這いにされる。力の差は歴然としていた。

和紗は片手で自分のネクタイを抜くと、希の両腕を背後で縛り上げてしまった。

「う…………」

「もう暴れるな。怪我をさせるつもりはない」

希の浴衣は乱れに乱れ、両身ごろも肩から落ちてかろうじて腰紐だけで体にまとわりついているような有り様だ。足も太腿の付け根まで露わになり、全裸にされるよりも却って卑猥な姿になる。

「いや、いや……っ」

「大人しくしていれば、今夜くらいは丁重に扱ってやろう。ただしこれ以上抵抗するなら俺も容赦はしない。お前も知ってるとおり、俺はそう寛容な男じゃない」

和紗の口調はどこまでも尊大だ。単純に、初めての行為に怯えきっている相手に対する情けさえなさそうだ。

希は罪人のように腰紐を引っ張られて体を引き起こされ、胡坐《あぐら》をかく和紗の膝の上に乗せられた。彼の膝に太腿をかけるような塩梅《あんばい》で下肢を大きく左右に開かれてしまう。

恥ずかしい姿勢を取らされて、けれど右足を摑まれたときの恐怖に体が竦む。ただ唇を嚙み締めたまま、もう男のなすがままだった。

和紗は手のひらで、ゆっくりと希の体をまさぐった。

骨っぽいばかりの体の感触のどこがどう気に入ったのか、大きな手のひらは希の細い体を締め上げるようにして、胸や肋骨《ろっこつ》の辺りを何度となく上下する。同時に、肩や項《うなじ》にたっぷりと唇を這わされ、いや、と声を漏らすと、肩越しに後ろを向かされて、甘く口づけられる。

「ん、ふ…………っ」

時々、彼の指の腹が胸の突起をかすめることがあった。普段は入浴中にも意識もしない場所だ。ところがそこを何度か擦《こす》られただけで、いつの間にか硬く尖《とが》ってくる。爪先で引っかかれる度に、希の足の小指がぴんと跳ね上がった。

「ああ……っ？」

聡《さと》い男は希の反応にすぐに気付いた。敏感な体をからかうように、きゅっと小さな凝《こご》りを摘《つま》む。

希はたまらず、息を詰める。

「……素直なもんだな。表情《かお》と同じで体も不感症かと思ってたのに」

からかわれているのだと分かっても、半開きの唇から、色っぽい、艶めいた吐息が漏れた。信じられない。

あれほど抵抗したのにもかかわらず、希ははっきりと、和紗の指に反応し始めていた。快楽に無知でいた分、籠絡《ろうらく》されるのも早い。何より、和紗の指はあまりにも巧みで淫らだった。

やがてその手は希の開かれた下肢に伸び、やんわりと、性器を手のひらで握り込まれる。そこは熱を高めてもうかなり、頭をもたげていた。

和紗はそこをじっと見下ろしている。

「ここを自分で触ったことは？」

「そんなこと、しない……しません」

「それなら、他の誰かに可愛がられたことはあるのか？」

耳朶《みみたぶ》を舐《な》められ、ひっそりと囁《ささや》かれる。希は必死になってかぶりを振った。

知らないことばかり。

ただ無防備を晒《さら》すしかない。身を守る術《すべ》が、虚勢を張る方法が、希には少しも分からない。

——悔しい。悔しい、悔しい。

そして何より、恐ろしかった。自分がこれからどんな目に遭うのか、想像もつかずただただ怖かった。

「……震えてるな」

つむじにキスが落ち、まるであやすように希の陰茎が揉《も》みしだかれ始めた。

「あ…………っ！」

「怖がらなくていい。俺が一から全部、教えてやろう。愛人を育てるのも囲う人間の役目だ」

言葉のとおり、教え込むようにゆっくりと、上下に扱《しご》き上げられる。

希の羞恥心も屈辱感もお構いなしで、性器ははしたなくも、しっかりと勃起し始めている。

そこが反応すれば、次第に体温が高まり、体中が敏感になる。

「…………はぁ、…………ああ……………」

絶え間なく、ずっとずっと愛撫が続くので、希は快感に耐えきれずにだんだん前屈みになった。皮膚をくつろげられ、真っ赤に濡れた先端から先走りがとろとろと溢《あふ》れ出て、白い敷布に、いくつか透明な染みが出来てしまった。

やがて希は布団に額を擦り付け、体を大きく震わせながらその衝動に耐えた。

「我慢するな。そのまま、いけばいい」

「だめ……っ、イヤ…………」

先走りを塗り付けるようにして性器を愛撫された途端、限界が訪れた。

「あぁ――――…………」

熱波のような衝撃に襲われ、全身ががくがくと戦く。これまで自慰もろくに知らなかったのだ。それなのに、吐精の悦《よろこ》びを強引に他人の手で教え込まされる。

一度逐情して、股間を濡らしたまま茫然自失としていた希は、それでも許されなかった。性器はずっと嬲《なぶ》られ続け、希は二度、三度と射精を繰り返した。先端の窪《くぼ》みを指の腹で弄《いじ》り回されて、ざらついた指の感触に粘膜は擦り傷のように過敏になる。

それがつらくて泣くと、四度目は性器を和紗の口腔に含まれた。他人の唇でたっぷりと奥までくわえ込まれ、希は痙攣《けいれん》しながら蜜を零《こぼ》す。その行方を追うように奥へ忍び込んでいく和紗の指が、思わぬ場所に触れた。

「…………あっ？」

蚊の鳴くような声が喉から漏れる。

さっき自分で吐き出した蜜が、希の秘密の入り口に塗り付けられているのだ。どうしてそんなところをと尋ねる暇も余裕もない。流れついた唾液や先走りで少しふやけてしまっていたそこに、ぐっと指が押し込まれる。

「あ、あっ、だめ」

驚いて、腰が退《ひ》けても、すぐに引き戻される。

「逃げるなよ。濡らしておかないと、後でお前がつらくなる」

「嫌です！　嫌です、そんなところ………っ」

縛《いまし》められた体を反転させ、腹這いで逃げようとしたが、顎《あご》で上半身を支え、丸出しの尻を和紗に向ける格好はその愛撫に何よりも好都合のようだ。

「あ……ん、あぁぁ………」

指は少しずつ、奥へ入り込んでいる。迫りつ戻りつ、狭い粘膜をゆっくりとあやして拡《ひろ》げていく。

やがて希の蕾《つぼみ》はびっしょりと濡れて、男の思うままに綻《ほころ》び、花開いていった。

「もう、嫌…………、いや」

深々と埋め込まれた中指で、内側をぐるりとかき回され、また強く性器を握り込まれた。何度目か分からない射精に導かれる。もう何も拒みようがなかった。

さんざん快楽に翻弄され、やがて、腰の辺りにわだかまっていた浴衣もとうとう奪われてしまった。花びらをむしりとられた花芯のように、希は無防備に裸体を晒した。縛めも解かれ、褥《しとね》の上で希の体はくの字を描く。

さっき希が叩き蹴って倒れた行灯は、まだ明かりが灯ったまま、いっそう大きな円で室内の様子を明らかにしている。

和紗がシャツを脱ぎ、上半身を晒した。一目で打ちのめされるような、完璧な大人の男の体をしていた。どうしてか彼が腕に包帯を巻いていることに希は気付いた。一週間前は、こんな怪我をしている素振りはなかったように思えたが、今はそれを問う余裕がない。

「あ…………」

足を大きく開かされ、そこに逞しい腰が荒々しく入り込む。

「力を抜いてろ。つらいのは、最初だけだ」

「待って、待って下さい………っ」

仰け反った希の喉元に荒々しく口づけられ、腰を引き寄せられる。内腿に、灼熱を感じた。

肩をしっかりと押さえ込まれ、逃げ出すことは叶わなかった。

「ひ……っ、あああぁ…………——！」

嫌というほど愛撫され、蕩《とろ》かされた場所に、雄々しい牡がゆっくりと押し入ってくる。

あまりにも柔らかな襞《ひだ》は、抵抗することなくただ男の蹂躙《じゅうりん》を受け入れるしかない。

希は体を強張らせ、息を詰め、見開いた目からはゆっくりと涙が零れ落ちる。

「少し、我慢をしてろ」

彼がまた、深々と押し入ってきた。

「いや、いや、苦しい、もうやめて……」

「逆だ、希。突かれるときに息を吐いてみろ。いつまでもそんなに締めたら、お前がつらいだけだ」

そんなこと、自分の意思ではどうしようもなかった。和紗を受け入れている場所はただ引き攣《つ》れて痛むばかりで、恥も外聞もなく、泣き叫ぶしかない。

「出来ない……っ、お願い、抜いて、もう抜いて下さい」

「出来るまで許さない。朝までずっと入れっ放しだ」

やや下品な言葉で煽られて、濡れた唇を、軽く吸われる。

希は絶望の吐息を漏らした。観念して、この男に屈服するしかないのだ。

「ん、く……」

奥まで押し開けられ、彼が引いていくときに力を抜く。それを繰り返す。その命令に精一杯従順でいた。

そのうちに、灼熱をだんだん、一番奥まで受け入れるようになる。だんだんそのリズムが分かってくると、信じられないことに、下肢から甘い疼きが立ち上り始めた。

強烈な感覚を堪《こら》えるために、希はたまらず彼に抱き縋《すが》った。

「そう……、いい子だ」

「あ――ア…………っ」

ぐちゅ、と音を立てて深々と貫かれた途端、希の腰が大きく弾んだ。

何か分からない、だけど内奥の最も過敏な一点に、和紗が当たったのだ。

自分の甘い声にうろたえて、希は折った指を嚙んだが、その手首はすぐに捕えられて布団の上に押し付けられる。

「いやっ、おかしい、こん、な……」

「おかしくない」

上出来だと言うように唇を吸われた。

「初めてのセックスですぐに見付かるとは思わなかった。この分だと、お前から欲しがって泣いてねだってくるまでそう時間はかからないだろう」

お前の体とはとても相性がいいと、揶揄される。

お前がどんなに俺を拒んでも、体はそれほど嫌がっていない。体も心も、こんなに弱くて敵《かたき》の意のままにされてしまう。可哀想なくらい、恥知らずだ。

「も、やめて……、やめて、お願い、いや……——」

やめて、と繰り返して男の胸を叩いたが、膝の裏を押さえ込まれ、逞しい腰が最後まで打ち付けられる。結合が深まって、希はいっそう大きな悲鳴をあげる。

「あぁ、ん……っ、ああっ」

濡れた筒の中をずっと擦られ、抉《えぐ》り続けられて、やがて希は、自分の腰がいやらしく揺れていることに気付いた。和紗の動きを追って、体が勝手に反応してしまうのだ。

「嫌っ、嫌っ、いや……——」

おかしくなる。

頭の中がめちゃくちゃにかき回されて、何も考えられなくなって、この男にどんな嬌態を見せても、羞恥を感じなくなる。

まるで荒々しく凶暴な嵐の最中《さなか》に放り出されたかのようだ。

希はこんな感覚を知らなかった。悲鳴を上げるような出来事も、悲しいことも、苦しいことも遠い感覚だった。

もしも夜に世界が滅んでも、朝が来るまで気付かない。

いつも太陽が遠くて、透明な水底にいるような生活を送っていた。ずっと、そんな場所に希はいたのに。この男は突然希をそこから掬《すく》い上げて、激しい情動を見せ付ける。お前は生きている。こうして、呼吸して、生きているのだと。

「あ――っ！　あ――……」

男の迸《ほとばし》りを、希は最奥で受け止める。敏感な粘膜に叩きつけられた飛沫は、とても熱くてそれだけで総毛立つような官能を生んだ。

一夜で教え込まれるにはあまりにも強烈な感覚に、希の体と心はとうとう臨界点を超える。目の前が真っ暗になり、まるで蠟燭の灯火《ともしび》が風に吹き消されるように、意識が途絶えた。

行灯の淡い光が自分の素肌を照らしているのが分かる。汗でしっとりと水分を含み、蜜の艶かしさを纏うようになる。希は希団の上に仰向《あおむ》けで裸体を放り出していた。着ていた浴衣を腹にかけられ、足が不自然に開き気味になっているが、閉じる気力がなかった。

和紗はすぐ傍らに胡坐をかき、絞った手拭いで希の腕を拭《ふ》いている。パジャマの下だけを身に着け、上半身は裸だ。情事の後で汗に濡れた髪が乱れ、精悍な横顔には大人の男の色香が漂っている。

不意に右足首を取られ、希は息を詰めた。そこには傷跡がある。

踝《くるぶし》から膝にかけて、真っ直ぐに切り裂かれたような跡だ。縫合の跡で皮膚が引き攣れていて、義母には血の色の百足《むかで》が走っているようで醜いと言われた傷だった。

眦《まなじり》が切れ上がった目が、こちらに向けられる。目覚めていることにはとっくに気付かれていたらしい。

「痛むか？　さっき、乱暴をした」

「…………」

「公園にいた時も、重そうに引きずって歩いてたろう」

答えずにいると、そこに唇を押し当てられる。淡いピンク色に盛り上がった箇所はただでさえ敏感なのに、初めてのセックスを終えたばかりで体中過敏になっていた希は、舌を這わされて、つい甘い吐息を漏らした。

「ん、ぁ……っ」

「ずいぶんひどい怪我だったんだろう。傷跡を見れば分かる」

その傷を作ったのは中学校に上がる前だ。

当時から必要以外は外に出ないようにと父と義母にはきつく言い渡されていたが、その日、希は一人で隣県まで遠出していた。もうじき屋敷に着くというところだったが、帰路を急いでいたため、不注意で軽トラックと接触してしまい、右足を後輪に巻き込まれたのだ。幸い命に別状はなかったが、四十八針も縫う大怪我で、傷跡が残ってしまった。

和紗はその傷を飽きることなく何度も指先で辿り、唇で触れる。気味が悪くないのだろうかと思ったが、そう頓着していないようだ。

今は恬淡《てんたん》とした様子の男に、けれど希は陵辱された。まるで女のように足を開かされ、彼を受け入れさせられて、泣き叫んでも抵抗は敵わず、最後まで彼を満足させた。

彼の熱い欲望を最奥に注ぎ込まれる生々しい感触を思い出し、希はぞくりと体を疼かせた。

性欲の処理に使われる。そのことが堪《たま》らなく屈辱的だった。

「離れに……帰して、下さい」

希は和紗から右足を取り戻すと、彼に背中を向けた。

「離れに帰らせて下さい。ずっとあそこが俺の居場所だったから。俺はあそこでずっと生活してました。どうしてもこの屋敷にいないといけないないなら、せめてあそこに帰して下さい」

「それは出来ない。お前の部屋はここにきちんと与えてある。ここがお前の居場所だ。何一つ不足はないはずだ」

「嫌だ。帰りたいです、離れに帰りたいです」

希は駄々っ子のように繰り返した。

希が住んでいた離れは、濡れ縁のついた八畳一間と手洗いがあるだけの建物で、この母屋に比べたらたいそう粗末な場所だが、希はそこで十年近く暮らしてきたのだ。そこだけが唯一、希が安堵出来る場所だ。

そこに帰って、押入れに入っている布団を引きずり出して、頭まで包《くる》まる。一人になって、それからめちゃくちゃに虐《しいた》げられた体と心を、少しでも休めたかった。

お願いです、ともう一度繰り返して、希は手の甲を額に置いた。表情を見られないようにしたつもりだったが、どうしても体が震えてしまう。

「男心がまだ分からないみたいだな。そんなふうに怯えて反抗されたら反抗された分、泣かれたら泣かれるだけ、意地の悪い気持ちになる」

「…………」

「機嫌を直せ。俺は強姦したわけじゃない。全部お前が選択した結果だろう」

涙を堪えているのを見破られて、希はいっそう顔を背ける。行為の最中は、我を失って子供のように泣きじゃくってしまったけれど、一応の理性を取り戻した今、また涙を見られるのは嫌だった。

離れには帰れない。それなら泣けない。こんなことで、決して泣かない。

泣きたいことなら、今までいくらでもあった。

その度に、ずっと我慢してきたはずだ。それなのに今さら、よりにもよってこの男の前で涙を零すのは絶対に嫌だった。肩を震わせていると、再び男が圧し掛かってきた。

「明日から毎晩、可愛がってやる」

低く囁かれて、背中にぞくっと震えが走った。

さっき刺し貫かれたときの強い衝撃を思い出した。若い牡に刺し貫かれ、蹂躙され尽くす感覚だ。

「…………や、ダメ……っ」

髪に口づけられ、手足をしっかりと押さえ込まれれば、もう一度、求められるのが分かる。まだ、彼は満足しきっていない。

希は怯えて、逃げを打った。

「お願いです、もう」

「大人しくしてろ。今度はもう少し、優しくしてやる」

「あ、ん………っ」

まだ慣れない粘膜をあやすように、ゆっくりと指が押し入ってくる。初めての経験に、まだぽってりと充血している蕾をかき回される。

もういや、と何度か彼の腕に爪を立てると、解けた和紗の包帯が、垂れて希の頬に触れた。ひんやりと、薄く冷たい布地にさえ希は怯えてしまう。

「あ………っん、いやあ、ぁ…………っ」

何も考えられなくなる。思考を奪われて、快楽に流されて、どんなに虚勢を張っても自分がどうしようもなくちっぽけだということを、改めて思い知らされる。

どうにかプライドを守ろうと必死でいるのに、この男は希のすべてを屈服させようとしている。

これが囲われるということ。この男の慰み者になるということ。

「——やっと、お前が手に入った」

男の呟《つぶや》きの意味が、今の希にはよく分からない。

ただ略奪される激しさに、今は自分の心を守ることだけで、精一杯だった。


再び目を覚ますと、布団の上に和紗の姿はなかった。

見慣れない天井から、欄間《らんま》にぼんやりと視線を巡らせる。障子の向こうはもう明るい。

朝が来ている。濃密な夜の記憶から、希はぽつんと取り残されているかのようだ。

希は体をのろのろと起こして、虚《うつ》ろな表情のまま広い和室を見渡した。障子の一箇所が破れているのを見て、我に返った。

昨夜、この部屋で何があったか——思い出したくもなかったが——もちろん覚えていた。

体の一番奥にはまだ、熱っぽい違和感が残っている。

体中全部、あの男のものにされた。

たった一夜で。もう希は、この屋敷に囲われている。自分の一族を崩壊させた男の所有物なのだ。

女中頭が襖越しに、朝食の用意が出来ていると声をかけてきた。けれど食欲などまるでない。

欲しくない、と断ったが、食堂で和紗が待っていると告げられて、少し逡巡《しゅんじゅん》した後、希は用意されていた紬《つむぎ》の袷《あわせ》に着替えて部屋を出た。朝から和紗と顔を合わせるのは嫌だったが、昨日の行為の衝撃にまだ打ちのめされていると思われるのは、もっと嫌だった。

南側にある食堂は檜《ひのき》の床板が敷かれた広々とした和室だ。

屋根のついた大きな濡れ縁があり、前庭に十数本の桜が植えられているのが眺められる。中央の大きな掘り炬燵《ごたつ》にはまだ火が入れられていないが、二人分の朝食が向き合うように用意されていた。

希は覚束《おぼつか》ない足取りのまま、座椅子に着いた。

出勤時間が迫っているのか、和紗はすでに食事を始め、背後に控えている香坂に仕事の指示を出している。もうきちんとシャツにネクタイの身支度を整え、この屋敷の若い主として相応しい、堂々とした様子でいる。

席に着いた希のことは一顧だにしない。希は黙って箸《はし》を取った。

用意された朝の膳はたいそう豪華なものだった。

みっしりと身のついた鮭は、まだじゅうじゅうと白い脂を泡立てていた。上品に出汁《だし》をとった味噌汁は舌を焼くほど熱くて、小皿に盛られた人参の糠《ぬか》漬けは、季節に合わせてもみじの飾り切りにされている。白米はもちろん炊き立てで、希が座布団に着くと、女中がお櫃《ひつ》から具合よく碗によそってくれた。

以前は離れで、一人きりで冷めた食事を取ることが多かった。「囲われている」身分で、和紗と一緒の席に座らされるのも意外だ。

けれど、よく見れば、竜胆《りんどう》の茎を細工して作られた箸置きも、黒と赤の違いはあるものの漆塗りの箸も、完全におそろいで用意されたものだ。

これではまるで、初夜を明けた夫婦のようだ。馬鹿にするなと膳をひっくり返してやりたいくらいだが、料理や料理人の手間を無駄にするような真似はしたくない。

「それに、もっと食わせろ」

ぶっきら棒な口調に、お櫃の傍にいた女中が顔を上げる。彼女がまだ白米が入った希の茶碗を見たので、「それ」が自分のことだと気付いて希は仰天してしまう。今の今まで、希のことなど目に入っていない素振りでいたのに、きちんと挙動を観察していたらしい。

「お前は体が細すぎる。無理やりでもいいから口に詰め込んでおけ」

昨日、抱き心地が悪かったと言わんばかりの横柄な口調だ。細身なのは自覚があるが、食べる物のことまで口出しされるとペットか奴隷にでもなった気がする。

いや、立場としてはそう変わらないのだろうが。

「……俺は今日から、ここで何をしたらいいんでしょうか」

希は箸を置いて、そう尋ねた。和紗の元に置かれる以上、夜伽《よとぎ》をこなすだけで安穏と暮らせるわけはないと思った。朝比奈家に怨みがあるという彼の気が済むように、昼間も小間使いのように小突き回されて、こき使われるのだろう。

「掃除でしょうか、洗濯でしょうか。どなたから指示を受けたらいいんでしょうか」

「誰がそんな真似をしろと言った。今まで上げ膳据え膳で生活していたお前に家事をされたら他の使用人の邪魔になる。お前はお前の部屋で、好きなことをして過ごせばいい。絵を描くのが好きなら一日中そうしていたらいい」

希は、絵を描くのは確かに好きだ。屋敷を出ていた一週間、絵を描けなかったことを思えば、今すぐにでも筆を持ちたいくらいだけれど、希は和紗にかぶりを振ってみせた。

「絵は、描けません。使っていた画材がないので」

「画材ならあるだろう。昨日、床の間に積んであったものを、どれでも好きに開けて使えばいいと言ったはずだ」

「そうじゃなくて、離れに行けば、俺がこれまで使っていたものがあります。新しい画材をいただく必要はありません」

「離れにあったものはもう全部処分した。お前のものは何一つ残っていないはずだ」

その答えに、希は愕然として目を見開く。

「処分？　どうしてですか？　どうしてそんな勝手なことを……！」

「どうして？　この屋敷にあるものは全部俺のものだ。俺の好きなようにして何が悪い」

「そんな……」

「お前が使ってた服やら画材やらはもう古びてるものばかりだった。始末しても問題ないだろう。それより、新しくてもっと高価なものを用意してある。それから、離れに帰ることは禁止する。俺の許可がない限り、勝手に母屋を出るな」

――あんまりだ。

離れは、希の大切な場所だった。そこに置かれた画材はもちろん、夜具や浴衣も、一つ一つ、長い間丁寧に大切に扱ってきたものだ。希なりに思い出がたくさん残っている。それを勝手に処分した上、出入りも許さないなんてあまりにもひどすぎる。

平気だという虚勢を張ってもどうしても滲《にじ》みそうになる涙を堪えて、唇を噛んでいる希の様子は、和紗から見ればどうやら反抗的そのものに思えたらしい。

「東」

剣呑《けんのん》な様子で、食事の間も背後に控えていた香坂を肩越しに振り返る。

「『朝ひな』の工房の奥倉庫に、落款の終わってない大振袖があっただろう。仕立てと染めが終わって、前の専務の知り合いだかに売り渡す予定だった着物だ。あれを一式、全部この屋敷に運ばせろ」

飲み終わったコーヒーカップを乱暴にソーサーに戻し、希を真正面から見据える。

「もしも飯を食わなかったり、俺の命令に逆らうことがあったら、お前には女物の着物を着せる」

それを聞いた希は絶句した。

「振袖は『朝ひな』の商品の代表格だ。下賤の男に屈服するのがどうしても嫌なら、『朝ひな』伝統の衣装を身に纏って一族の過去の栄華を誇示すればいい」

「俺は女じゃありません！　振袖なんか着ません！」

「嫌なら、俺の言葉に従え。俺の命令に嫌だと返事することは絶対に許さない」

和紗はあくまで冷静だった。彼の意のままにはなりたくないと往生際悪く抵抗する希を、女物の衣装を着せるというような、性質の悪い脅しであしらってしまう。

「あんまりです。俺は犬や猫じゃありません。そんなふうに、俺には意志がないみたいに何もかもに命令を出すのはやめて下さい」

「俺は犬猫と寝るほど酔狂じゃない」

「和紗」

静かながら、明瞭な声が言い争いを遮《さえぎ》った。それまで、殺伐とした諍いを端然とした様子で眺めていた香坂が口を開いたのだ。

「言葉が過ぎる。もっと角が立たない言い方がいくらでもあるはずだ」

やや厳しい口調で和紗を窘《たしな》める。仕事上、彼は和紗の秘書にあたるはずだが、まるで友人のように名前で呼びかけた。社長と秘書としての間柄だけでなく、どうやらもともとプライベートでも親密な仲であるらしい。

香坂はこの場では一番年長者らしい余裕をもって、和紗と希を見比べる。

「希くんもあまりぴりぴりしないでいいよ。少し落ち着かないか？　朝からそういきり立つことはない。和紗の物言いが無愛想で腹が立つのは分かるけどね」

さり気なくけなされた和紗がむっとするのが分かる。

「和紗が言うことを深読みする必要はない。和紗はただ、まずは君にこの生活に慣れてもらえるように思ってるだけなんだ。今まで生活してた離れが恋しいのはよく分かる。だけどあそこは母屋から遠くて女中の目が届かないことも多い。どんな縁でも君の身柄を預かることになった以上、不自由はさせられない」

香坂は決して希の敵愾心を煽るような真似はしない。夜に何があったか、もちろん香坂も分かっているのだろう。

昨日さんざん痛めつけられた希の自意識をもうこれ以上傷つけないように、穏やかに、慎重に希を諭す。その思いやり深い、温かい気配に希がおずおずと顔を上げると、素晴らしいタイミングで笑顔を見せてくれる。

「まだ新しい生活が始まったばかりで、不満があるのもよく分かる。和紗と君の主張が色々と折り合わないこともあるだろう。だけどそれはこれから、少しずつすり合わせていこう。なるべく君の一番いいようにする。俺も出来る限りのことはさせてもらうから」

「…………はい」

少し悩んだが、希は素直に答えた。黙って頷《うなず》くだけでもよかったが、香坂の穏やかな口調で諭されると、不貞腐《ふてくさ》れているのはいかにも子供っぽいように思えた。

そして、香坂は有能な秘書でもあるようだ。まだぴりぴりと緊張状態にある雰囲気を断ち切るように、颯爽と立ち上がる。すでに仕事用の、適度な緊張感のある様子でいる。

「今、ナビシステムから携帯に通知があった。交通事故で高速が渋滞を始めてる。今日は午前中に王陛社《おうへいしゃ》の小溝《こみぞ》専務が社に来る予定だろう。早めにこっちを出たほうがいいかもしれない」

「分かった。もう用意は済んでる」

女中の一人が立ち上がった和紗に上着を着せかける。

しかし、もちろん和紗は希の反発を忘れたわけでも許したわけでもなかった。

「絵は必ず描け。今日から毎日、十五枚以上だ。スケッチだけでもいい、毎日それを俺に見せろ」

座卓に着いたまま俯いている希を一瞥すると、香坂を従えて、踵を返す。

「一枚でも足りなかったら次の日から長襦袢に大振袖だ。お前に俺に逆らう権利がないことを忘れるなよ」

そう言い残して屋敷を出て行った。


希は広縁に座って、庭に咲く秋桜のスケッチを描いていた。

この屋敷の敷地は広大だ。まるで大規模な緑地公園のような広さで、その中央に母屋が、そして庭園を挟んでかなり離れた場所にぽつんと離れがある。

外堀の周囲には桜も咲くし、庭園には春には菖蒲《しょうぶ》、夏は水芭蕉《みずばしょう》、秋は秋桜、冬は薔薇が育てられる。どの季節も美しく手入れされて、十八枚の板と杭《くい》で組まれた八つ橋が、何度か曲がりくねりながら花の中を横切っている。

今は秋桜が花の盛りを迎えている。

希は離れで暮らしていた時、毎日のようにこの庭園を眺めていた。

絵を描き始めたのは、屋敷に出入りしていた職人の一人が、体が弱くて度々寝込んでいた希を不憫《ふびん》に思ってクレヨンと画用紙を贈ってくれたのがきっかけだ。

本格的に筆を取るようになった頃には、庭園に咲く花の美しさにいっそう夢中になった。

毎日同じような景色に見えても、一年前の同じ日付けに描いたものと並べ置き、その年の花々の色合いの違いや、育ちの早い遅いを見比べてみる。

なんとも地味で非生産的な楽しみかもしれないが、希はそんな遊びしか知らなかったし、それでとても満足していた。父の命令に背いてまで、外の世界のあれこれを知りたいとはあまり思わなかった。

綺麗だと思うものを素直に紙に写し、残していく。絵を描くという作業が希はとても好きだった。

それなのに、今、鉛筆を持ち、スケッチブックを膝に置いて庭を眺める希の気持ちは重い。和紗に言われたとおり、十五枚のノルマを上げるためのスケッチを描いているのだ。趣味で描いているだけなのに、ノルマなんて本当に馬鹿馬鹿しい。そう思うとどうしても手つきが乱暴になってしまう。すらりと伸びた秋桜は、何度も輪郭を辿るうちに、どす黒い、不吉な花になってしまった。

こんなのは、希の楽しみでも慰めでもない。義務で描く十五枚は空しい。

囲われの、愛人としての生活。家を奪った男におめおめと飼われる生活。せめて帰って心を癒したい離れには近付くなとさえ言われて、時折使用人たちが、希がちゃんと部屋にいるか、監視しているような気配も感じる。

息が詰まりそうだ。

まだ初日だというのに、希は暗澹《あんたん》とした気持ちでいた。こんな生活がいつまで続くのだろう。

和紗の朝比奈家への復讐心が冷めて、彼が希に飽きるまでだろうか。

いや、和紗は一生この屋敷で希を飼ってやる、と言ったのだ。朝比奈家の末裔を、ずっと自分の所有物にすると。どんなに抗っても、謝っても意味はないと。

希はふと考えた。

――もしも希が、本当のことを伝えたら。そうしたらどうなるだろう。

希はこの屋敷を出られるかも知れない。それが真実ならば、もうお前はいらないと、和紗はそう言って希から興味を失《な》くすかもしれない。そうしたら、希は自由だ。

「ここは寒くないか？」

突然背後から声をかけられ、希はどきりとしながら振り返る。いつの間にか香坂が立っていた。

この広縁は、正面玄関の横庭から長い廊下のように繋がっている。それを辿って、玄関から直接ここへやって来たらしい。

「暖房機か毛布を持ってこさせようか。風邪をひいたら大変だ」

「必要ありません。自分の手元が暖かいと、絵が描きにくくなるので」

寒空に咲く秋桜のスケッチをしているのに、自分だけぬくぬくしていたら臨場感が表せな

い気がする。たとえ趣味とはいっても、その辺りで妥協をするのは希は好きではなかった。

希は鉛筆に目を落とし、香坂に尋ねる。

「……仕事じゃなかったんですか」

「和紗は会食なんだ。後でまた、車を出して迎えに行くよ。俺は君の様子を見に、いったんこっちに戻って来たんだ」

「逃走防止ですか」

「はは。まあそうひねくれないで」

香坂は鷹揚な微笑で希の皮肉を躱《かわ》してしまう。

和紗も大変な美形だが、香坂も相当なものだ。ただし、タイプが正反対になる。和紗が野性的でいかにも硬派な様子でいるのに対し、香坂はやや軟派な雰囲気があり、明るく気さくで、人の心を巧みに解いていく。

年下の扱いにも慣れていて、諭すのも甘えさせるのも、いかにも上手そうだ。

彼が和紗側の人間なのだとちゃんと分かっているのに、希もついつい、張り詰めていた神経を緩めてしまう。

「和紗さんって、いつでもあんなふうなんですか」

「あんなふう？」

「無口で、何を考えてるのか、よく、分からない感じで……」

夜には信じられないほどいやらしいことをしておいて、朝には綺麗な顔で、平然と食事を摂っていた。香坂はそうそう、と笑って後を引き受けた。

「何を考えているのかよく分からなくて、野蛮で尊大、ぶっきら棒で話しかけても取り付く島もない。人を射殺《い》しそうな眼光といい、口調といい、明らかに真っ当な世界の人間じゃありませんって感じだよな」

「……そこまでは、言ってません」

「だけど、あの若さで重職についてるだけあって、並大抵の切れ者じゃないよ。俺はあいつより年上だけど、あいつの辣腕《らつわん》ぶりにはいつも舌を巻いてる。やることに容赦はないけど、そう悪党でもないし、何より、君のことは丁重に扱うつもりでいる」

夫婦か恋人同士ならともかく、夜にあんな無体を働いて何がどう丁重だというのだろう。

「俺、本当に女の子の着物を着せられたり、するんですか」

「それは和紗に逆らいさえしなければ、大丈夫だよ」

和紗の贈り物を素直に使い、与えられる物をきちんと食べ、絵をノルマどおり描く。

彼が言うとおりに生活さえしていればいい。

「和紗さんは、離れにあった画材やスケッチは本当に全部、処分してしまったんでしょうか」

「離れに帰りたい？」

「……ずっと、あそこで暮らしてたから……」

「母屋にいるのは落ち着かないかな。だけど今は、和紗の言うとおりにしていたほうが賢明だ。それに離れにあったものは、もう何も残ってないはずだよ」

本当に、希の持ち物は全部捨てられてしまったということなのだろうか。希は悲しくなった。自分の愛人に貧相な物を持たせるのが気に食わないというのは分かるが、やり方がめちゃくちゃだ。悪党ではないと香坂は言うけれど、希に対しては本当に容赦がない。

つまり、それだけ朝比奈家への和紗の憎しみは深いということらしい。

広縁と座敷を区切る障子はすべて開け放たれている。欄間を支える柱に長身をもたれさせ、香坂は希の手元を見下ろしている。

「絵を描くのは好きかい？」

そう尋ねる香坂は、相変わらず朗らかな様子で微笑している。不意の質問に希はおどおどと彼を見上げ、それから躊躇いがちに頷いた。

「自己流で、誰かに正式に教えてもらったわけじゃないんですけど、……描くのはすごく好きです」

「芳《は》賀流《がりゅう》善《ぜん》は知ってるかな」

「知ってます。……もちろん」

「俺の好きな画家なんだ」

「そうなんですか？　本当に？」

思わず声が弾んだ。それは希も大好きな日本画の画家の名前だ。離れにも、大家のものなら画集はたいてい揃えてあった。希は小さな頃から飽きることなく何度も眺めて一人の時間を過ごした。結局それも和紗に処分されてしまったようだが、作品一枚一枚の隅々まで思い出せる。

「香坂さんは絵にお詳しいんですか？」

「うちの祖父《じい》さんが美術品に造詣の深い人でね、俺もある程度なら知識はある。『朝ひな』の着物も何枚も見たことがあるよ。上品で華やかで、それこそ色んな花を写したみたいに綺麗だった。女性に花びらを纏わせる着物だって色んな家の奥方が絶賛してた。君の絵は、『朝ひな』の着物を彷彿《ほうふつ》とさせるね」

それを聞いて、希は気持ちが一気に高揚するのを感じた。

祖父の時代から染付けの工房に入っていた「朝ひな」の職人たちの腕は確かだった。業績が下がる一方の間も、生産量こそ落ちていたが「朝ひな」の工房で染め付けられる着物の質は高く、老舗としての格を保っていた。希もその着物を子供の頃から何枚となく見てきた。

その片鱗が自分の絵に表れていると言われたら、とても嬉《うれ》しい。

「ほんとですか……？」

「本当。俺は和紗と違って口は上手《うま》いけど、基本的に嘘は言わないよ。それにお世辞を言うには君の絵は高潔すぎる。出来たら俺も毎日、君の絵を見せてもらいたいな」

「俺の絵を、見てくれるんですか？」

今日は驚いてばかりだ。そんなことを言ってくれる人は初めてだ。

「ノルマでスケッチを十五枚仕上げるんだろ？　ぜひ見せてもらいたい。こんな綺麗なものを見せてもらえたら、俺も心が和むよ」

おだてられているだけなのかもしれないが、希は自分が描いた絵をちゃんと誰かに見てもらい、感想を言ってもらうのは初めてだった。

香坂は希の手からスケッチブックを受け取り、真剣な顔で何枚か捲《めく》る。かなり細部まで検分しているようだ。

「これだけの腕前なのに趣味に留《とど》めておくのはもったいないよ。和紗に言えば、ここに絵の先生を呼んでくれるかもしれないし、送り迎えつきで学校に通わせてくれるかもしれないよ」

和紗の名前が出るなり、気が重くなった。

せっかく香坂と話していて楽しかったのに。今、あの男の名前を聞きたくない。

つい不貞腐れる希の反応に、香坂は苦笑する。

「和紗が気に入らないなら、それこそ思い切り我儘《わがまま》を言えばいい。あいつになんの遠慮もせずに、欲しいものでもやりたいことでも、なんでも我儘放題に言うといいよ」

「……和紗さんにお話しすることなんか、何も」

「君を囲うなんて言ってる以上、君に満足な生活をさせるのはあいつの義務だ。君とこの屋敷を手に入れたんだ。君の我儘を何もかも叶えることが、この屋敷の当主としての器量の証になる。君はどんどんあいつに無理を言えばいい。あいつはそれを拒めない。立場的には、ある意味君のほうが上なんだよ」

希はおずおずと顔を上げる。香坂は、柔和な笑顔で希を見下ろしていた。

刃物を持ち出した時に香坂に捩じ伏せられたことはもちろん覚えているし、彼が和紗側の立場にあることも分かっている。社長と秘書という立場以上に親しい間柄らしいことも分かる。それでもこうして親切に優しくされることで、希の心は少し和む。

この屋敷では孤立した立場にあって、唯一心を開くことが出来そうな相手である気がした。ぎこちなく、香坂に微笑を返したその時、ぱらぱらと雨が降り始めた。さっきまでは晴れ間が見えていたのに、足の速い雨雲が迫っていたらしい。

「残念だね、またしばらく雨になるらしいよ。晴れてないと、暗くて絵が描きにくいんじゃないか」

「いいえ、雨の日は雨の日なりにそれぞれ色があります。それを観察するのは楽しいです」

それからまた、希は鉛筆を持った。現金なもので、見てくれる人がいると思うとさっきまで重かった筆が思うように画用紙を走る。

「それに雨が上がった翌日は空気が澄むんです。花びらや葉も綺麗に洗い流されて、ずっと透明感が高くなる。鉛筆でデッサンを取るときも、色付けするときも、そんな色をどうやって表現するか考えるのは楽しいです」

ぽつりぽつりと自分の言葉数が増えていることを、希はまだ自覚していなかった。

雨が上がった後の空も魅力的だ。初秋の成層圏の、果てない青。

綺麗な青空。そういえば、ずいぶん昔にも誰かとこんな会話をした。

――あの子はあの後、ちゃんと青空を見ることが出来たのかな。

雨降りの空と散る桜。名前も知らない少年の、大きなキャラメル色の瞳。

あげてしまった青い色鉛筆。

懐かしい、優しい気持ちに駆られて、希はいっそう熱心に鉛筆を動かした。

夜、玄関の方が風が過ぎるようにざわめいた。

仕事から帰った和紗の出迎えのために、女中たちが玄関に集まって来るのだ。広い庭を伝わって、その気配を希は感じる。褥に入って画集を眺めていた希は、体を起こし、丹前を羽織った。

囚われの生活にも、一週間が過ぎた頃には少しずつ日常が生まれ始めた。

朝は和紗と、二階の一室を自室にしている香坂と、三人で朝食をとる。二人が出勤してからは、一日鉛筆と筆を持って過ごす。ノルマのスケッチをこなしたら、女中二人と庭を散歩したり、お茶を飲んだりする。たっぷりと時間をかけ、夕食や湯浴みを済ませて、布団に入る。

和紗が帰って来るのはたいてい夜遅くだ。青年実業家として彼は本当に多忙であるらしい。「朝ひな」の立て直しにも相当な力を注いでいるらしかった。帰ってからも、二階で引き続き、香坂と仕事を続けることも多い。

そして夜がかなり深まってから、希の部屋を訪れる。

浴衣には慣れていないのか、和紗が眠るときはいつもパジャマだ。

希はたいてい先に眠ってしまっている。それでも和紗は、同じ布団に入ると希をかき抱いて、口づけ、髪を撫でる。

声をかけられることはなかったが、触れられるとどうしても目が覚めてしまって、愛撫に反応してしまう。そのまま溺《おぼ》れさせられて、気がつくと朝になっている。

「………お疲れさまでした」

和紗は玄関から直接、この部屋にやって来た。今日は珍しく、比較的早い帰宅だ。

憎たらしい相手でも、仕事をして帰って来た人なのだから、布団の上に三指《みつゆび》をつき、きちんと挨拶《あいさつ》はする。相手が誰であれ、帰宅したのを無視するような無作法は出来ない。

顔を上げると和紗は手に持っていた大ぶりな箱をずいと希に差し出した。綺麗に包装されて、群青色のリボンまでかけてある。

「これは？」

「開けてみろ」

相変わらず仏頂面で口数も少ないが、珍しく機嫌がいいように思う。希は困惑しながら、布団の上で包みを解いた。

中に入っていたのは、希くらいの年齢の若者が着る、シャツやボトム数着だ。希はブランドなどはよく分からないが、色合いも落ち着いていて触り心地がいいとても質の高いものだと分かる。デザインはごくコンサバティブなものだ。

薄紙を捲ったまま微動だにしない希に、和紗が尋ねる。

「気に入らなかったか？」

物珍しくてまじまじと眺めていただけなのだが、和紗には不服そうにしていると思えたらしい。そういえば、初日から、和紗は希にあれこれと贈り物をしてくれている。それは画集や写真集や画材、美味《おい》しそうなお菓子だったり、珍しい品種の薔薇の花束だったりとさまざまだ。けれど希は何一つ素直に喜んで見せたことがない。

贈り物をしてくれる和紗の意図がさっぱり分からない。

まさか、希の機嫌を取っているとでもいうんだろうか。

それに、屋敷に閉じ込められている生活で、衣装など贈られても困惑するばかりだ。

「気に入らないわけじゃなくて、せっかくいただいても、……今は着て行く場所がないので」

「グランドヒル・ホテルで開かれる展示会にお前を連れて行く。その時に着ればいい。和服だと目立つし、俺の連れに惨めな格好をさせられない」

展示会、という言葉に希は顔を強張らせた。

展示会、と聞いて希が真っ先に思い浮かべるのは呉服の展示会だ。

当然、「朝ひな」の同業者がたくさん集まる。和紗はそこで、これが神野和紗が叩き潰した一族の末裔だと、希を見世物にするつもりなのだろうか。

「朝ひな」は和紗の配下で営業が続けられているが、因習の多い業界で、若い新参者は何かとやりにくいことが多いに違いない。前社長の長子を飼っているのだと連れ回して見世物にするのは、自分の実力を周囲に知らしめるには有効な方法だ。悪趣味で残酷な話だが、この男だったらやりかねない。

しかし、展示会に連れて行くという真意を問い質《ただ》す勇気はなかった。

希は衣装を元どおりにしまい、まったく違う質問を口にした。

「今日は香坂さんは？」

もし、希の考えのとおり晒し者にするつもりだと言われても、希にはそれを拒絶すること
は出来ないのだから。すべてを甘受するしかない。
「香坂さんは、まだ戻られてないんですか？」
香坂に見てもらいたい絵があるのだ。
一昨日から絵の具で色付けしていたものが今日、完成した。誰かに見てもらえると思いな
がら描いたそれはとびきり具合よく仕上がった。それを香坂に見てもらいたかった。
香坂は本当に美術に造詣が深いらしく、仕上がった絵を見せるとかなり専門的な、詳細な
コメントをくれる。希はいつも香坂の前に座り込み、目を見開いて彼の言葉に聞き入った。
時には和紗が用意した立派な画集を何冊も開いて、日本画談義をすることもある。それは
今の生活で、希には何よりの楽しみだった。
今日はどんなコメントをくれるだろうかと、スケッチブックと色付けした麻紙を張ったパ
ネルを抱いて和紗のすぐ傍に立ったが、ふいと目を逸らされてしまった。
「あいつは、今日は帰りが遅くなるんだ」
「どうして？」
「パーティーがあって、俺の代わりに出席させてる」
「どうして和紗さんが行かなかったんですか？」
「必ず俺が出ないといけないほど重要なパーティーじゃなかったし、基本的に、社交はあい

つのほうが上手いからだ」

そうなのか。希はスケッチブックを抱いたまま、がっかりして肩を落とした。早めに帰って来たら、今日中に見てもらえるかもしれないが、もしかしたら明日以降になるかもしれない。

和紗は広縁の傍に置いた座椅子に、長い脚を伸ばして座っている。肘掛《ひじかけ》に頬杖《ほおづえ》をついて、庭に目を向けたまま希に尋ねた。

「香坂のことが気になるのか」

「いいえ、あの、香坂さんに見てもらいたい絵があって」

「絵なら俺が見る。それは？　色を付けたのか？」

「いいえ、いいです。ノルマの十五枚はここに」

希は色付けした絵を慌てて背中に隠した。和紗に見せるのは鉛筆で描いたスケッチだけでいいと言われている。

和紗は香坂とは違って、希の絵を見ても特になんのコメントもしない。ただ自分の命令に従っているかどうか、仕上がった枚数をチェックしているだけに違いない。色付けした絵を渡しても、面倒なことをして、と眉を顰められるに決まっている。

ところが、今日の和紗は差し出したスケッチブックさえ無視して、希の手首を取った。顎で促されたのは部屋の中央にすでに敷かれていた布団だ。

「来い」

褥に誘われている。希はうろたえた。情交も、初日のように荒々しくされることはもうなかった。希が大人しくさえしていれば、和紗は希をそれなりに丁寧に扱ってくれる。縛り上げて意志を奪うような乱暴はしない。

けれど、希はつい、和紗の手を振り払ってしまった。

「あの、今日は待ってもらえませんか」

香坂が帰って来るのを待たせてもらいたいのだ。ただ、色付けしたものが上手く出来たから、明日でも明後日でもまた見てほしいと告げるだけでいい。香坂はじゃあ楽しみにしてるよ、といつもの屈託のない口調で答えてくれるだろう。それだけでいい。それくらい、希は香坂と話すのを楽しみにしている。

「ちゃんと、します。ただ、その前に香坂さんにどうしても……」

「あいつが帰って来たら、帰宅の報告に多分一度この部屋に寄るはずだ。その時にでも見てもらえ」

「それなら、もう明日で構いません。今日はもういいです」

満足がいく絵を描けたことに浮かれていた希も、やっと我に返った。

険悪な気配に、薄ら寒い危機感を覚えた。服を贈ってくれた時の機嫌のよさは、もはやどこにもない。希は失策を冒した。

「香坂に会いたいんだろう？　俺がいないときにも普段からずいぶん仲良くやってるみたいじゃないか」

「いいえ、いいえ、会いたくありません」

希をいくらでも辱めたがっている相手に、心から懐いている、毎日会いたいと思っている人間がいることを晒したのはあまりにも不注意だった。

「待って、ください」

袖を引かれ、浴衣の合わせが緩む。希は慌てて体を捩ったが、そのまま布団に押し倒されてしまう。和紗の口元には、皮肉そうな笑みが浮かんでいた。

「年下の子供にも優しくて、面倒見のいい優男《やさおとこ》に見えるかもしれないけど、あいつは色事にかけては俺より一枚も二枚も上手だぞ。いかにも上品そうだがめちゃくちゃな手練《てだ》れだ。お前の恋愛の相手には少し高望みが過ぎるんじゃないか」

「そんなんじゃありませんっ」

希は必死になって否定した。

確かに、希は香坂のことが好きだ。けれど、恋愛の相手としてなんて全然違う。彼が傍にいるとほっとする。希には兄弟はいないが、たとえば兄がいたとしたらこんな感じだろうかとほのぼのと思う。ただそれだけなのに。

けれど愛人の立場も忘れて他の男に懐いてみせた希への罰は、とても淫蕩なものだった。

「は……、あ、ぁ……っ」

スケッチブックを布団の傍らに置いたまま、希は背後から和紗に貫かれていた。たいていの夜、和紗は希を何度も射精させ、体が弛緩するのを待つことが多いが、性急なときには蓋《ふた》がついた小瓶に入ったクリームのようなものが潤滑剤として使われる。それは体温で溶けると緩い液体になって、希の下肢をびしょ濡れにしてしまう。今もその状態になっていた。

「あっ、……ん、あぁんっ……ん……！」

逃げを打つ腰をしっかりと掴まれて、激しい抽送が始まった。結合部から濡れた音が漏れ聞こえる。まるで情交を悦ぶ女にでもなったようで、希は堪らなく恥ずかしかった。敷布を摑んで、熱っぽい吐息を吐く。

「声、出せよ。下でそんなに音を立ててるくせに、今さらだろ」

希の脇から和紗が手を入れ、乳首を甘く指先で転がした。

「それ、一緒にするの、だめ……気持ちいい、から、イヤ……――」

「どっちなんだ」

和紗が耳元で笑う。その吐息がくすぐったくて、体が反応して、また恥ずかしく彼を締めつけてしまう。

「ああっ……」

「中が絡《から》んでくる。ずいぶん慣れたな」

ぐっと突き上げられて一瞬悦びを極めてしまいそうになる。和紗の先端が、希のものすごく感じる場所の近くをかすめたのだ。

「お前、何か、欲しいものは、ないのか？」

「あっ、ん………、は………！」

リズミカルに突き上げられながら、冷静な口調で男が尋ねてきた。

「なんでも言え。なんでも手に入れてやる」

ずるりと内膜を擦り立てるように、ぎりぎりまで引き抜かれる。楽になって、つい息をついた途端、また深々と挿入されて、希は大きく喘《あえ》いだ。

容赦ない抽送に、希の粘膜は熱く、真っ赤に蕩けてしまっている。ひどく敏感で、和紗の性器に擦り上げられる度に堪らない快感が体中を駆け抜ける。

「ああ、あぁっ………！　もう嫌……、お願い………っ」

けれど逞しい腰は、淫らな動きを止《や》めることはない。

体を上向かされて、今度は真正面から貫かれる。希はひときわ艶めいた悲鳴を上げた。

濡れそぼった器官を丸くかき回されて、希はいつの間にか、自分でもあられもなく腰を使い始めていた。希の性器は、抽送の度に和紗のベルトに擦られてしまう。

無造作な刺激にも、はしたなく感じる希に微笑すると、和紗は唾液で濡らした指の腹で、希の先端をぐるりと撫でる。

「…………ん、気持ち、いい…………………っ」

その時、枕元に放り出してあった和紗の携帯が呼び出し音を立てた。希はどきりとして涙が溜まった目を開ける。三度ほどコールがあって、携帯はすぐに切れた。

「香坂が、帰って来たらしいな」

玄関の冠木門《かぶきもん》を潜《くぐ》ったら、携帯を鳴らす。それが彼ら二人の合図らしかった。もうじき、香坂が、ここにやって来る。

「嫌。放して、お願いです。もう、今日は許して、許して下さい」

お願い、と哀願したが、男は希の言葉は一切無視して、正常位でいっそう激しく希を突き上げてくる。縋るものもなく、頼りなく宙に放り投げられた手首は、彼の背中に導かれる。

希は快感を堪え、爪を立てた。

「いい………っ、あ、ぁ……、ん――――――」

このまま、このまま、極めてしまいたい。

ところが和紗の動きは次第にゆっくりになった。焦《じ》らされてつい、ねだるように腰を揺らめかせたが、意地悪く退けられてしまう。

快感の渦中から突然放り出されて、心許《こころもと》なくなった希は一瞬、香坂がこちらに向かっていることを忘れてしまっていた。

「やだ、やめない、で……っ……!」

「もう少し待て。まだ、いけるだろ」

ぎゅっと根元を握り締められた。そんなふうに、我慢させられるのは希は初めてだった。

「や、だめ……もう、…………あぁ……っ」

「和紗」

襖の向こうで、香坂が呼びかける声がした。びくん、と体が竦んだ。

「眠ってたのなら失礼。今帰った」

「ああ、ご苦労だった」

あっちへ行って下さい、と大声を上げようとしたが、大きな手のひらに唇を塞《ふさ》がれてしまう。

「んぐ……！」

「そのまま、そこで待っててくれ。話がある」

「——話？」

「用があるのは俺じゃない。希だ。お前に絵を見てもらいたいらしい。もうじき済む。そこで待っていてやってくれ」

希は狼狽して、和紗を見上げた。和紗の意図はあまりにも明白だ。

襖一枚向こうに香坂がいる。そしてまだ、希の蕾は深々と、和紗を受け入れているのだ。

性器も中途半端に刺激されたまま、一度も極めていないのですっかり過敏になっている。

こんな状態で情交を続けられたら声を我慢することなど絶対に出来ない。それは全部、香坂に聞こえてしまう。

「…………イ、ヤ、駄目……っ」

思ったとおり、和紗は希を苛《さいな》み始めた。蕾に激しく出入りされ、大きな手のひらでは性器を甘く、扱き立てられる。

「我慢するな。遠慮せずに、声を上げればいい」

逃げ出そうとしても、すぐに捕らえられ、希は男の体の下に抱き込まれた。性技に巧みな男だが、いつも以上にその手は的確に希を追い立てていく。

「あぁ…………っ、ああ、ん……、ァ…………！」

「感じてるのか？　いやらしい奴だ」

「いや………」

「中がひくついてる。奥を突いてやると、悦んで絡んでくる。気持ちがいいだろう？」

わざと、香坂に聞こえるように、希の反応をあげつらっているのだ。

零れそうになる甘い声をどんなに嚙み殺しても、卑猥な腰使いで責め立てられる。手を伸ばし、無意識に行灯の灯火に手を伸ばしたが、その手はすぐに取られて、なんの支えもない、快楽の最中に放り込まれる。

「ダメ……い、やぁ……っ、いや…………」

希が啜《すす》り泣く声は、当然襖の向こうの香坂にも聞こえているだろう。驚いたような気配もなく、淡々とこちらの行為が終わるのを待っているらしい。

希がこんな破廉恥な行為を嫌がっていることをもちろん分かっているだろうが、それ以上に、止めても和紗が聞かないであろうことを知っているのだ。

「もっと聞かせてやれ。体は慣れないけど、お前の声は切なそうでいい。たいした淫乱だ」

「いんらん……？」

快楽に溺れて、理性が麻痺して、尋ねる口調はつい幼くなってしまう。瞬きをすると、ぽろりと涙が零れ落ちた。

和紗がふっと微笑する。

「こんなことが大好きで、いやらしい体をしてるっていう意味だ」

「違う……、俺は、そんなんじゃ、ありません……っ」

「そうか？　じゃあ可愛い淫乱だ。だったらいいだろう？」

「いや、そんなの嫌だっ！」

官能の蕾をまた、ぐちゅ、と音を立ててかき回される。必死の抗議の意味でぱしぱしと男の腕を叩いたが、ささやかな抵抗に和紗はむしろ笑うばかりだ。

淫乱。お前はこの行為が好きなんだと言われるのは、無理やり体を暴かれている希にとってはあまりにもひどい謗《そし》りだった。しかもそれを、香坂に聞かれているなんて。

「そう……、可愛いな、希」

濃厚な口づけを与えられ、やがて二人同時の絶頂が訪れた。

「は…あああ……!!」

希の最奥に、和紗の欲望がたっぷりと注ぎ込まれる。希はか細い体を小鳥のように打ち震わせた。

酷な情事が終わって、しかし、希はもう起き上がることが出来なかった。

頂点の間際でずっと泣かされ続けて、すっかり体力を消耗してしまったのだ。今日は避妊具さえつけてもらえなかったから、丸出しになった尻の狭間から和紗が放ったものが溢れ出しても、ぴくりとも動けない。

香坂に絵を見てもらう体力がもはや残っていないことは、和紗にも明らかだろう。

ほとんど着衣を乱していなかった和紗は、ネクタイだけを整えると希を置いて布団から立ち上がる。枕元に置かれっ放しのパネルとスケッチに目を留め、指で繰っている気配を感じる。

「いい出来だ。香坂には明日の朝にでも見てもらうといい」

短くそう言って、部屋を出て行ってしまった。剝《む》き出しの背中を一瞬、廊下の光が走り抜けた。二人分の気配が遠ざかっていくのを感じる。これからまだ、二階に上がって仕事をするらしい。

――絵になんか、少しも興味がないくせに。

放り出されたスケッチとパネルを見て、希は啜り泣いた。


彼岸花《ひがんばな》、夕顔、鈴蘭《すずらん》、夾竹桃《きょうちくとう》。

綺麗な花でも、毒を持つ植物は多いと聞く。

秋桜は、毒を持たないいんだろうか。秋桜から毒を抽出することは出来ないいんだろうか。

希はそんな剣呑なことを考えて、庭先に立っていた。

庭園を横切る八つ橋の上を、女中たちが箒《ほうき》で掃《は》き掃除をしている。

それを眺めながら、希は腹の底に激しい憤りを抱えていた。

あの男が、朝比奈家を憎んでいるのは本当によく分かる。

けれど昨日の仕打ちはあまりにもひどかった。

よくもあんな――情事の最中の声を、他人に聞かせるような破廉恥な真似をさせてくれたものだ。

希がどれほど羞恥を感じたか、憤っているのか分かってくれているのか、香坂は今朝の食事でたまたま二人になったときに、「君が俺の居場所を尋ねたんで拗《す》ねたんだろう」という軽口で希の怒りを紛わせようとしてくれた。和紗と香坂が私的にどんな関係にあるのか、希にはいまだに分からないが、香坂は和紗の横暴ぶりにはもう慣れている。大人の彼らにとって、襖一枚向こうで性交をすることくらい、別にたいしたことでもないのかもしれない。

だけど、希は恥ずかしくて、悲しくて涙が出そうだった。

昨日の辱めをどうしても忘れることが出来ない。あんなことを思いつくのは、和紗が希を完全に非力で、自分に逆らうことは出来ないだろうと頭から馬鹿にしているからだ。

どうしても、どうしても和紗に一矢報いたかった。

――ここから逃げ出してやる。

逃げてまた、捕まるかもしれない。

捕まったら、恐ろしい折檻《せっかん》を受けるかもしれない。香坂が間に入ってどんなに執り成してくれても、簡単には許してもらえないだろう。それでもあの取り澄ました、何事にも動じない男の眉を顰めさせてやりたい。

それはこれまでの希の生活では無縁だった、闘争心と呼ばれるものだ。

希は庭先の小階段を上って自室の広縁に戻った。

広縁に座椅子を置いて座る希の周りには、白い陶器の小皿がいくつも並んでいる。色付けに使う水絵具を湯煎《ゆせん》した膠《にかわ》で溶いたものだ。幼ない頃、クレヨンや色鉛筆にも不自由した記憶を思い出すと、画材を粗末にするのは本当に胸が痛む。なるべくなら乱暴な真似もしたくない。

けれど、女中たちの意識を逸らせる上手い方法を、他に思いつかない。

希は息を吸い込むと、手を振り上げる。思いきって、目の前の小皿を手でなぎ払った。

小皿が飛び散り、筆が方々にころころと転がっていく。広縁は一瞬にして、熱帯の国にある原色の花畑のような有り様になった。

物音を聞きつけて、庭掃除をしていた女中たちが二人、大慌てで駆け寄って来た。

広縁にぶちまけられた絵の具や割れた小皿を見て、あらあらとおおわらわになる。

「すいません、立ち上がろうとしたら転んでしまって」

希は精一杯うろたえた様子を装い、ごめんなさい、と謝る。希が右足を悪くしているのは、この家の使用人たちも和紗から知らされている。

「あらまあ、大変。お怪我はありませんでしたか？」

「大丈夫です。でも、筆が転がって池に落ちてしまったみたいで」

「庭師に言って松の手入れに使うはさみで拾ってもらいましょう。ここも片づけておきますね。希様は、先にお湯を使ってらして下さいな。浴衣の裾に絵の具がついておりますわ」

「お召し替えのお手伝いをいたしますので、さあ、どうぞこちらに」

希は二人の親切な女中を手で制した。

「今は夕食の準備で忙しい時間でしょう。絵の具を落とすのは自分でやります。今まで何回もつけたことがあるので慣れてますから」

上手く言い訳出来ただろうかと不安に思いながらそっと自室に入ると、女中は庭師と一緒に筆が落ちた池を覗《のぞ》き込んでいる。希の計画どおりだ。

希は素早く浴衣を脱ぎ、電気を点《つ》けていない行灯にさっと被《かぶ》せた。それから別に用意していた浴衣を羽織る。庭先にいる女中や庭師からは行灯にかけた浴衣の裾だけが見えるはずだ。障子のこちら側で希が絵の具を落としているように思えるだろう。

そして希はそうっと自室を抜け出し、廊下に出た。

この時間帯は、夕食の準備をするのと、庭の石灯籠の一つ一つに明かりを灯す作業で使用人たちは皆忙しくしている。一日で一番慌ただしい時間だ。それに、夕食の材料を運んで来る業者が出入りするので、裏の勝手口が開け放されているはずだ。

このまま行けば、迫りつつある夕闇に紛れ、屋敷を抜け出せる。

希も黙って言いなりになってばかりいるのではないのだと、和紗の鼻を明かしてやることが出来る。色んな小細工を弄《ろう》しているから、希を監視するように言われている女中たちが和紗や香坂に叱られることはないだろう。

——ざまあみろ。

希はかつてないほど痛快な気持ちで、渡り廊下を走った。

けれど、屋敷の勝手口に近付いたところで足を止める。葉の落ちた欅《けやき》のずっと向こうに、離れの屋根が覗いていたからだ。

離れには行くなと厳しく言われていたから、今までどうしても近付けなかった。女中たちにいなくなったことを気付かれないうちに、急いで屋敷を出たいのはやまやまだが、どうせ逃亡するなら、一時だけでもあそこに帰りたい。

和紗は希のものは何もかも処分してしまったと言っていたが、もしかしたらスケッチの一枚くらいは残っているかもしれない。

一縷の望みをかけて、よろめきながら渡り廊下を抜ける。庭園を横切り、木と藁《わら》を組んだ柵《さく》で囲まれた道を歩き、ようやく離れの前庭に立つ。

希はそこで立ち尽くした。

自分の目を疑って、そこから一歩も動けなくなってしまった。

「……なんで」

何故なのか、目の前の離れは半ば屋根が崩れ落ちてしまっている。

壁も柱も、濡れ縁も真っ黒に焼け爛《ただ》れていた。全体を炎で包まれたようだ。

玄関口にはブルーシートが厳重にかけられていて、吹き渡る風に、ばさばさと不吉な音を立てる。空気に喉を燻《いぶ》すような煤《すす》の匂いが混じっていたが、希は手で口や鼻を覆うことさえ忘れていた。はっと我に返って、足が汚れることも気に留めず、希は濡れ縁から座敷に上がった。

中もひどい惨状だった。灯油の嫌な臭いがする。炎の勢いがよほど強かったのか、私物をしまっていた押入れの襖は、骨組みを残しているばかりだ。布や紙ばかりだった私物はほとんど炭化していて、スケッチブックだったらしいものを手に取ると、留めの針金だけを残してばらばらと手元で崩れてしまった。

その残骸を眺め、希は呆然としていた。

信じられない。

長年、ここで暮らした片鱗は何一つなかった。いつ、こんなことになったのだろう。

和紗からも、香坂からも何も聞かされていなかった。ただ厳しい顔で、ここには絶対に近付くなと言われるばかりだった。それも、和紗のただの横暴だとばかり思っていた。

こんな状態に――――火事に遭ったなんて、何も教えてもらえなかった。

屋敷を逃げ出すつもりだったのに、希はそのままずっと、離れに座り込んでいたようだ。

数十分が過ぎた頃、母屋の方がざわざわと騒がしくなった。

すっかり夕闇が落ち、枠だけを残して傾いている障子の向こうを、大型の懐中電灯らしい光があちこち行き来する。やがて、人の気配が傍に迫った。

「希」

煤だらけの希は、のろのろと顔を上げた。焼け焦げた濡れ縁の傍に和紗が立っていた。

希を脅かさないための配慮なのか、懐中電灯の明かりを下向け、消す。

「そこは危ない。炎が梁《はり》まで回って骨組みから弱ってるんだ。いつ崩落してもおかしくない、こっちに出て来い」

「来ないで下さい」

顔を背け、希は虚《うつ》ろに答えた。それでも和紗は濡れ縁に上がる。革靴と焦げた畳が擦れ合うぎしぎしという音が聞こえ、彼は希の傍らに立った。

――瞬間、希は静かに戦慄した。

この離れがこんなふうになったのは。まさか、まさか――和紗の仕業だろうか。朝比奈家への報復のためにここに火を放ったんだろうか。それとも、希が愛人として彼の足元に素直に傅かなかったから。

これはその仕置きということなんだろうか。

「これは、和紗さんが………？」

希はゆっくりと、顔を上げた。

「俺がここに帰りたいって言ったからですか？　それともこれも朝比奈家への復讐ですか？」

和紗は無表情のまま、何も答えない。それが肯定の答えだと思えた。途端に視界が歪《ゆが》んだ。

「ひどい………」

泣きたくないなどと、意地を張る暇もなかった。

希は初めて、真正面から彼の前で泣いた。煤で汚れた頬を涙で濡らす。初めての情交で、縛られて抱かれた時より、描いた絵を邪険に扱われた時より、ずっとつらかった。

希は立ち上がると、手を振り上げ、和紗の胸板を叩いた。どうしても腕に上手く力が入らず、ぱしぱしと間が抜けた音だけが響いた。それでも必死で彼を責め立てた。

「ひどい、ひどいよ………っ」

和紗は黙って、希のなすがままでいる。叩いても叩いても、和紗は何も言わず、希を突き飛ばすような真似も一切しなかった。

「こんなのひどい、何かを焼くなら俺に直接したらいい……こんなひどいこと、どうしてする必要があったんですか………！」

「希くん」

懐中電灯の丸い光が、抱き合う和紗と希を照らし出した。和紗と同じように懐中電灯を携え、香坂が姿を現した。和紗と一瞬視線を合わせ、それからこちらに近付く。

「それは誤解だ。ここがこんな有り様になったことに、和紗は関係ないよ」

「うそつき！　そんなこと信じない！」

和紗に右手を取られたまま、希はじりじりと後退して、押入れの下の段に潜り込もうとする。彼ら二人に担ぎ出されたら、力では敵わず抵抗出来ないことは分かっている。

「おいで。話はここでなくても出来るよ」

「いやです。俺の家はここです。ここが、俺の家なんです。だから、だからずっとここにいる。もう放っておいて下さい」

「いい子だから、落ち着いて話を聞きなさい」

「いや、いやだ！」

「火をつけたのは、和紗じゃないし、和紗が指示を出して誰かにやらせたわけでもない。これは卑劣な冷血漢への報復だ」

「東、言わなくていい」

和紗が言葉短く遮ったが、香坂はきっぱりとした態度でそれに否をつけた。

「何があったかちゃんと教えてやるべきだ。希くんはずっとここで生活してたんだ。どうしてこんな有り様になったのか、ちゃんと説明が聞きたいだろう」

「……惨《むご》い話になる」

「だけど、それが現実だ。希くん」

そして希に向き直る。濡れ縁の傍の石灯籠が灯す光だけが光源の暗闇だ。

香坂は、淡々と話を続けた。

「火をつけた犯人はその日のうちに捕まった。和紗が解雇した、この家の以前の使用人だ。君のお義母さんと親戚連中に、多額の報酬と引き換えにこの家の建物を燃やして来いと命令

されたそうだ。母屋が無理でも、離れでも蔵でもなんでもいいと言ってね。朝比奈家を乗っ取った和紗への報復らしい」

火をつけたという元使用人の名前には確かに聞き覚えがあった。小柄な老女で、気位の高い義母にも忠実に仕えていた。母屋はセキュリティーが厳しくて、彼女には近づくことが出来なかった。だから母屋から離れたここに放火したのだ。

希が五十万円を工面するために屋敷を離れていた一週間のことらしい。

「こちらの警備ミスもある。本当に申し訳なかった」

香坂がそれだけ言うと、周囲にしんと沈黙が落ちた。

年上の二人の男は、それぞれ複雑な、けれど冷静な表情で口元を引き結んでいる。

「そうなんだ………」

膝からかくんと力が抜ける。希はへなへなと、その場に座り込んでしまった。

義母や他の親戚は、希が今は母屋で生活していることを知らないはずだ。それなのに、彼らの命令で希の住処に火が放たれたなんて、そんなはずはない。騙されない、絶対に和紗の仕業に違いない。

そう主張することが、希には出来なかった。何故なら、希も心の一番奥で多分そうだろうと思っていたからだ。

あの男の手に渡るくらいなら、全部火をかけてしまえばいい。父の初七日で義母は確かにそう叫んでいた。

父亡き後も、義母や他の親戚一族は虚栄心ばかりが強く、若い和紗に屈するのをよしとしなかった。だからといって、「ハイブリット・ファイナンス」からの差し押さえを回避できるよう、金を工面する努力さえしなかった。特に義母はヒステリックな性質で、分家から本家に入った分、本家の妻に成り上がった自分の地位への執着は強かったはずだ。屋敷がもう自分の物でないなら、放火するくらいどうとも思わなかっただろうし、止める者もいなかったに違いない。

火をつけて燃やして、希が焼け出されようが怪我をしようが誰にもどうでも構いはしなかったのだろう。朝比奈の長子に生まれついたのは本当でも、この家に、希の居場所などないも同然だった。

和紗に、右手を強く引かれた。

「立て。母屋に戻る」

「………いや」

「ここは危ない。まだ修繕がすんでないんだ」

「いや……いや！　ここにいるっ！」

大声で叫ぶと、天井でぎしりと音がしてぱらぱらと黒い木片が落ちて来た。梁にも灯油をかけたのか、芯まで燃えて脆《もろ》くなっているらしい。声が反響するだけで刺激になって、いつ崩れるか分からない。

希は天井を見上げたまま、もう微動だに出来なくなった。

ただ涙だけがはらはらと頬を伝い落ちる。

酷い。本当に酷い。ただでさえ古い場所だった。燃えるのはあっという間だったろう。

画材も絵も、何もかも灰になった。それは趣味で描いているだけのなんの価値もない落書きに過ぎないかもしれない。けれど、家族と離れて暮らし、親しい友人がいるわけではない希にとって、描いた絵は自分の存在の唯一の証明のようなものなのだ。

和紗は無表情に摑んでいた希の右腕を引き上げ、立ち上がらせる。そのまま肩に荷物のように担ぎ上げられてしまった。希は下ろしてください、と呟いたが、聞き入れられなかった。

「俺は、せっかく手に入れた愛人をキズモノにするつもりはないんだ」

それを聞いて、びく、と右足が反応するのを感じた。

最初の性交の後で、和紗は希の右足を取ってじっと眺めていた。躊躇いなく唇を押し付ける彼に、気味が悪くないのだろうかと不思議に思っていたが、単純に縫合の跡が物珍しかっただけで、やはり醜いと思われていたのかもしれない。

これ以上、汚らしい傷跡を増やすなと言われているのだと思った。

「……訊《き》かないんですか」

彼の肩にぶら下がったまま、希は尋ねた。

不自然に思わないのだろうか。長子が住んでいた場所がこんなにも蔑《ないがし》ろにされたことを、疑問に思わないのだろうか。

希の問いかけが聞こえなかったのか、和紗は何も答えない。

顔を上げると、焼かれた家屋は禍々《まがまが》しいほど暗く、月影に佇んでいる。もう、あそこには帰れない。帰りたいのに、希が帰る場所は、もうない。

「おれの、おうち……」

誰にともなく呟いたのは、希の中にいる小さな子供だ。十年間ここで過ごした、ここにしか居場所がなかった子供だった。


その日も朝から雨だった。

希が離れの火事を知って以来、ここ数日、大雨が続いている。

絶え間ない雨だれは時間の観念を失わせる。湿度の高い空気は素肌に重くまとわりつき、気力を奪う。希は、絵も描かずに一日中ぼんやりと庭を眺めているようになった。

今までは和紗に敵意を剝き出しにして、きりきりと精神を張り詰めて過ごしてきた。

どれだけ陵辱を受けても、弱ったところを、涙を見せない。その意地だけが希の気持ちを支えてきた。けれど、離れの惨状を見た途端、何かがふつりと途切れてしまった。

自分には十年過ごした場所がある。ちゃんと帰る場所があるのだということを、希は無意識のうちに心のよりどころにしていた。

「おい」

希は自室の広縁に座り込んでいた。首に力が入らず右に傾いてしまっている。体はどうしても、弱い方に傾いていく。

「希」

やっと和紗が背後に立っているのに気付いた。

けれど意識に体が追いつかない。視線が虚ろに彷徨《さまよ》って、やっと焦点が合う。

「眠いのか？　寝るなら布団を敷いてやるから中に入れよ」

和紗は目の前に膝をつき、希の頬を両手で押し包む。出勤の前で、すでにスーツを着ている。希は抵抗せずに、ぼんやりと和紗のなすがままになっていた。

「また朝食を断ったらしいな」

口調にどこか、覇気がない。希が弱ってしまって反抗しないのが、つまらないのだろうか。

「何か柔らかいものを作らせてるから、せめてそれを食え。食べられないなら医者を呼ぶことになる」

また力なく、希の瞳の焦点がぶれていく。雨の最中にいるように視界が霞《かす》み、和紗の表情も、よく分からなくなる。

「離れのことを黙っていたのは悪かった。そんなにショックを受けるなら、最初から火事に遭ったっていうべきだった。天候がよくなり次第、京数奇屋《きょうすきや》専門の職人を呼んで修復するつもりだ。雨の中でも無理をすれば作業を進められるらしいが、古い建物だから慎重にしたほうがいい」

「………」

「今日はなるべく早く帰る」

希はびくりと体を竦めた。

ここ数日、希は和紗に抱かれていない。

今日は早めに帰る。弱っているのはいいが、いい加減に愛人としての務めを果たせということだろうか。

仕方がない。実際、希は愛人なのだから。

和紗が仕事に出た後、希はたまには気分を変えたほうがいいと、女中の一人に部屋からサンルームへ連れ出された。希はソファの上で膝を抱え、天井まで打ち抜かれた大窓を水が流れていく様子を眺めていた。

テーブルには熱いコーヒーとカステラやチョコレートケーキなどの洋菓子が並べられている。恐らく和紗の指示だろうが、希は一切手をつけていなかった。

一昨日も、昨日も食欲がなくてほとんどものを食べることが出来ず、和紗と香坂は医者を呼んで点滴を受けさせる相談をしていた。

自分にはそんなふうに、針を刺されて管《くだ》を通されてまで生きる価値があるだろうか。それともただ単に、もっともっと生かしたまま希を苦しめたいということなんだろうか。

あの離れのなれの果てを見て、和紗は何一つ、不可解に思わないんだろうか。

希の住まいへの仕打ちを見て、朝比奈家における希の立場がどんなものであったか、少しも疑問を抱かないのだろうか。

だけど、今の希に難しいことを考える気力はない。

希はサンルームを出て、ふらふらと歩きだした。離れの秘密がばれてから、希への監視はずいぶん緩くなった。希が母屋のどこを歩いていても誰も咎《とが》めない。

しかし、希は自室へ続く雁行の途中で、庭園の異変に気付き、その場に立ち尽くした。

「…………」

目に入ったのは大量の泥水だった。

庭に咲く秋桜は、相変わらず強い雨に打たれている。その根元を泥で濁った雨水がゆっくりと流れている。秋桜は弓なりになって流れに耐えていた。

何日も降り続いた雨に、庭がすっかり水浸しになっている。

もともと雨季でもないのに雨が降り続いて、あらかじめ土を除けて作ってあった水路に泥が溜まってしまい、水が流れなくなってしまっているのだ。秋桜はもともと茎が太い花ではないから、このままではそのうち根腐れしてしまうだろう。

希は一人、右往左往してしまった。確か、父の時代には、庭に水が溜まったらその度に業者に頼んでいたように思う。だけど希には連絡の仕方がよく分からない。

「あの！」

たまたま通りかかった若い女中の姿を見つけて思わず大声を上げると、彼女は驚いたように振り返る。

庭の水抜きのことを話そうとして、しかし希は思い直して、彼女になんでもない、ごめんなさいと頭を下げた。

彼女たちはこの家の女中だが、希に雇われているわけではない。和紗に許可を得ず、勝手に何かを頼むのは憚《はばか》られた。困ったときばかり彼に擦り寄っていく真似もしたくない。したいことがあるなら、自分で動くしかない。

希は勝手口の傍にある道具小屋に向かった。庭の手入れに使うホースやバケツに混じって置かれたシャベルを見つけた。取っ手の部分は泥まみれで、土をすくう部分も錆びついている。それを一つ肩に担ぐ。

まるで骨に食い込むような重さだ。それを抱えるのに精一杯で、庭に出ても、もちろん傘を差す余裕はない。あっという間に全身がずぶ濡れになってしまった。

浴衣の裾が泥まみれになるのも構わず、希は作業を始めた。水路があったと思《おぼ》しき場所はもう泥で埋め尽くされている。そこにシャベルを突き立てた。とにかく溜まった泥を除けてやらなければならない。

しかし水を含んだ土は思っていたより遥《はる》かに重く、すくった途端によろめいて、その場に尻餅《しりもち》をついてしまった。シャベルにすくっていた土が放り出されて、頭から引っ被ってしまう。

「…………」

雨の中、泥まみれになった希は、自分のあまりの非力さにしばらくぽかんとしていた。

もしも和紗に見られたら失笑されるに違いない。それとも、人のものになった庭に勝手な真似をするなと怒られるだろうか。

確か庭園業者も、水を汲《く》み上げる時は大型のポンプを使っていた。手作業だけではこの広い庭に溜まった泥水を全部かき出すのは大変な労力だ。

香坂に相談してみようか。彼ならすぐに、業者に連絡を取ってくれるはずだ。だけど、香坂は当然、彼の上司である和紗に報告するだろう。結局、和紗の力を借りることになってしまう。

それでは、駄目だ。

手の甲で、頬に飛んだ泥をごしごしと拭う。シャベルを支えに再び立ち上がった。

十年も過ごした離れは何も出来ないまま、真っ黒に焼き尽くされていた。だから、せめてこの庭は、どうしても自分の手で守りたい。離れは守りきれなかった。だから、せめてこの庭だけは。

希は再びシャベルで土をすくった。花の根元に溜まっていた泥水を逃がす細い水路を作る。それもすぐに押し流されてきた泥で溢れてしまう。

まるできりがない作業だったが、それでも希は雨の中、ひたすらシャベルを動かしていた。

周囲がばたばたと騒々しい。

希はぼんやりと目を開けた。視界は霞《かすみ》がかかったようにぼやけ、自室の天井だと気付くのに時間がかかった。希は布団の上に寝かされていた。

不意に枕元で水音が聞こえる。桶《おけ》に汲まれた水で、誰かが手を洗っているらしい。

「もともとの体調不良と栄養失調、雨に打たれて体を冷やしたことによる発熱ですね」

「熱は今すぐ下がらないのか？　喉からかすれた音が聞こえてる。肺炎にかかってるんじゃないのか」

「生まれつき気管が弱くていらっしゃるんでしょう。大丈夫ですよ、それほど重篤ではありません。お若いですから何も心配はいりませんよ」

老齢の医師らしい男と、希の枕元に立っているらしい和紗の会話だった。

希は瞬きを繰り返しながら、だんだん意識がはっきりとしてくるのを感じる。かすれた息をつくと、和紗がぱっとこちらに目を向け、希の顔を覗き込んできた。

「気付いたか。気分は？」

いったい何があったのか問おうとしたが、喉からはひゅう、と熱っぽい吐息が漏れただけだった。

「無理に答えなくていい。そのまま寝てろ。いや、先に薬と、——その前に何か腹に入れたほうがいいのか？　誰か、粥《かゆ》を持って来てやってくれ」

傍に控えていた女中が慌ただしく部屋を出て行く。

「雨の中、庭に倒れてたんだ。どうしてあんな無茶をした？　庭を手入れする業者ならすぐに呼んでやったのに」

だんだん叱りつけるような口調になる。やっと思い出した。水浸しになった庭に水路を作る作業をしている間に、希は力尽きて倒れてしまったらしかった。

「——希？」

大きな手のひらが額に添えられて、希はびくっと体を震わせた。

嫌だったわけではない。無茶なことをして、迷惑をかけてと、叱られると思った。まだ離れを失ったショックも治まっていない。発熱し、心も体もすっかり弱っていてこの上、和紗に叱られるのはこたえる。

「ごめんなさい」

希は体がぶるぶると震えるのを感じた。

「ごめんなさい、ごめんなさい」

謝っているうちに、どんどん心細くなる。心拍数とともにますます呼吸が上がり、ひゅう、ひゅう、と情けない呼吸が喉から漏れた。

「こうさかさん」

無意識のうちに、和紗とは違う男の名前を呼んでしまう。いつも優しくしてくれる人を捜してかぶりを振ると、希の額に触れていた指が、うろたえたように退いた。

「……香坂さん、香坂さん……」

襖がすうっと開いて、香坂が現れる。和紗と目を合わせると、場を引き受けるように鷹揚に頷いた。和紗は気まずそうに立ち上がり、香坂に場所を譲った。

「香坂さん……」

「大丈夫だ、ここにいるよ」

手を取られ、抱き起こされる。希はほっと息をついた。

今の希には、自分で自分の心と体を支える力は残っていなかった。普段から何も言わなくても、こちらの感情を汲み取ってくれる人だから、弱りきっている今も優しく受け入れてもらえると思う。

香坂は希の甘えにちゃんと応じてくれて、何度も背中を撫でてくれた。

「悪い子だ。自分の体力も顧みないで、無茶にもほどがあるよ」

「ごめんなさい」

「謝らなくていい。ああ、まだ熱が高いな」

「……庭は？　まだ、外から雨音がします」

希は虚ろに広縁に目を向けた。真夜中にも絶え間なく屋敷を囲む雨音は、今の希には悪意に満ちたざわめきのように聞こえる。

早く水を抜いてあげないと、秋桜が可哀想だ。

「秋桜が……花が、根腐れします。水を抜いてあげないと」

「大丈夫だ。業者を呼んで水抜きをさせてある。お前が心配することは、もう何もない」

和紗が傍らから言葉を繋いだ。ぶっきら棒だけど、真剣な声だった。和紗だって自分のものになった庭が台無しになるのは忍びないのだろう。希はほうっと胸を撫で下ろした。

香坂はもう一度熱を計るように希の額に唇を寄せる。

和紗を見上げると、傍らから希の顔を見下ろしている。病人の扱いが分からないらしく、どこか所在無げにも見える。その真摯《しんし》な黒い瞳が、すべてを見透かしているようにも思う。希は自分の限界を悟った。もう無理だ。もう、黙っていることも、騙すことも希には出来ない。

「俺を、ここから追い出さなくて、いいんですか？」

希は香坂に体を支えられ、苦しい息の下、和紗に尋ねた。

「おかしいって思わないですか？　どうして、離れがあんなことになったのか……俺は、朝比奈の矜持を守らなきゃ、朝比奈の長子だからって言ってたのに……住んでた場所が、あんなふうに焼かれて」

「離れのことはまた後で話し合えばいい。今は――」

「聞いて下さい」

最後まで、聞いてほしかった。正気に返ったら、もしかしたらもう口に出来ないかもしれない。

そんな勇気は、二度と出ないかもしれない。

「俺は、確かに朝比奈の人間です。確かにその血筋を引いています。だけど、家から大事にされてたわけじゃありません。あなたが、俺をこの家で飼っても、あまり朝比奈家への復讐には、ならないんです」

和紗は無言だった。意外な言葉に、驚いているのかもしれない。

「俺の母親は、『朝ひな』の工房で働いてました。もう許婚《いいなずけ》がいたのに、俺の父親に見初《みそ》められて、お金の力で、無理やり結婚させられたんです。それなのに、生まれたのが俺みたいな子供で……母は毎日責められたそうです。丈夫な朝比奈の跡取りを産めなかったから」

朝比奈家より遥かに格下の人間が生んだから、ろくな子供が生まれなかったと陰口を叩かれていたようだ。

長く話すと、肺が痛くて苦しくて堪らなくなる。だけど黙っていることは、もっと苦しい。

「結局、父も母には飽きて、俺と母を離れに遠ざけるようになりました。もうその頃にはお義母さんがこの屋敷に出入りしていて、俺の母親は、俺の面倒や、家での気苦労が多くて、早くに——俺が十歳の時に亡くなりました」

その葬儀は身内だけの小さなもので、遺骨は隣県にある母の実家の墓に収められた。母という唯一の味方も失い、希は朝比奈家でますます冷遇されるようになった。

今度こそ真っ当な朝比奈家の「長子」を作るために、分家からやって来た義母が我が物顔で母屋を取り仕切るようになった。格下ながら美貌だった希の母とは折り合いが悪かったらしく、希のことも疎んで、半ば嫌がらせのように外出を禁じた。

希は屋敷と学校の往復以外、外に出ることは許されなかった。

「それでも亡くなった母が可哀想で、毎月一人で墓参りに出かけてました。事故に遭ったのは、その帰り道でした。屋敷までの細い道を急いで走ってて、軽トラックとぶつかってしまって。墓前に行ったことがばれて、父と義母にはひどく叱られました。足にも、後遺症が残って」

それ以降、希は離れを出ることがなくなった。

どうして自分がこうまで皆から遠ざけられるのかよく分からなくて、ある日、どうしても父と話をしたいと思った。夜会に出て行く父を追って、話を聞いてほしいと哀願した。

「だけどついて来るなと言われました。足を引いているのがみっともないからと」

「…………」

希は自分がもはや朝比奈家には必要のない立場だということを悟った。

義母はまだ若く、これから希の弟や妹が生まれてくる可能性がいくらでもあった。希のようにひ弱な子供ではなく、純粋に朝比奈の血を引く、丈夫で優秀な自分の跡取りが生まれるのを父も心底楽しみにしていたに違いなかった。

血統とは、そんなふうに人をどこかおかしくさせるものなのかもしれない。純血を守ることで、自分が特別な存在であると信じきってしまう。

「認めてほしかった。だから抵抗も、反発もしませんでした。だけど駄目だった。父親も、一族の人たちも、誰も……俺のことは」

朝比奈家の一員だとは思っていない。

封建的な家長制度が脈々と残っており、父が否と言えば一族全体が否だった。

けれど、ずっと蔑ろにされてきた希は、自分もこの家に生まれた人間なのだと、一度でいいから力の限り主張してみたかった。

和紗に陵辱されながら、それでも希はどこかで安堵していたのが本当だ。

希は朝比奈の人間として、和紗から復讐を受けている。一族の誰もがいなくなって初めて、やっと希は、この屋敷で、自分がここにいると声を上げることが出来たのだから。

それでもどうしても、希は現実に向き合わされる。

まるでいないことを前提に、住んでいた離れを燃やされてしまう。希の存在など、朝比奈家の人間は誰も意識してはいない。

希が執着した「矜持」は、希がただ一方的に抱いていた一族への愛情だった。けれどその愛情が報われることはついになかった。

「だから、俺をここで飼っても、囲っても、あなたの怨みは晴れないし、いいことなんか、何も……何も、ないです」

「もういい」

「あなたの復讐はもう終わってます。朝比奈家の人間は、本当はもう誰も、残ってないんですから」

「希、もういい」

その口調は強く、意外に優しくて、瞬間、希はそれを悟った。

知っていた。彼は――知っていたのだ。

「知っていたんですか？」

和紗は無言でいる。瞳から答えを読み取ろうとすると、静かに逸らされた。

いつからだろう。最初から？　それとも、離れを焼かれた時点で希の立場に疑問を感じて独自に調べたんだろうか。

本当のことを知っていたなら、それならどうして、今まで何も言わなかったのだろう。お前は必要じゃないからここから出て行けと、どうして言わなかったのだろう。

「全部知ってて……？　だったら、どうして」

「それでも、お前は朝比奈の一員だ」

大きな手のひらが、希の目蓋《まぶた》を覆う。

「だからお前がいる場所はここだ。ここにいたらいい」

彼の手のひらの下で、希は睫毛を伏せた。堪えていた涙が頬を伝い落ちる。

皮肉な話だ。憎いはずのこの男だけが、希が朝比奈家の人間であることを認めているのだ。

希にはちゃんと朝比奈家の血が入っている。だからこうして傍におくのだと。

屋敷から誰もいなくなって、希一人になっても、一番最後に、希は朝比奈家の人間だと認めてもらえた。自分を虐げる、この男に。

高熱はなかなか下がらず、希は長い間寝ついた。

弱っているところを和紗には見られたくないと精一杯、意地を張っていたのに、一度崩れ落ちた虚勢はもう立て直すことは出来なかった。

足の傷が痛い、頭が痛い、とうわ言を繰り返すと、その度に誰かが手を握ってくれていた。とろとろと寝付くと、立ち去ろうする気配がある。心許なさにまだ行ってはいや、と哀願すると、ちゃんと手を握り返される。そうすると希は安堵して、また眠ることが出来た。

温かい、優しい手のひらの感触は、ただそれだけで人慣れしない希をずっと癒《いや》し続けた。

弱っている体を誰かに委《ゆだ》ねている間に、心がふわふわと夢とうつつを行き来する。

色んな夢を見た。

母が生きていた頃のこと、何十反もの反物が、母屋の一番広い奥座敷に解かれて置かれ、ずらりと畳の上を埋め尽くす。そして焚き染めた白檀《びゃくだん》の香り。

衣桁《いこう》にかけられた、金襴緞子《きんらんどんす》の大振袖。

季節ごとの園遊会に夜会。火が入った石灯籠の仄《ほの》かな明かり。

着物で盛装した女性が群れたときの、絢爛《けんらん》たる煌《きら》びやかさ。

あれは四月の桜の季節で、庭園の一角で園遊会が開かれていた。希はすでに、離れに追いやられて暮らしていた。足の怪我を負って、入院していた病院を出て二ヶ月ほどが経っていた。

希はまだ自分の立場はよく分かっていなかったが、華々しく開かれていた園遊会に席を連ねることが許されないのは、なんとなく分かっていた。だから離れの濡れ縁から、戯れるように散っていく桜の花びらや、遠くに見える宴の華やかな様子を、拙《つたな》いながら丁寧に画用紙に色鉛筆で写し取っていた。遠目に桜の模様の振袖を着ている若い女性の姿も見え、嬌声が聞こえて、それはそれは艶やかな催しだった。

しかし春先の天気は移ろいやすく、突然雨が降りだして、客も皆、屋敷に引き上げてしまった。離れからは宴の様子は見えなくなってしまい、希はがっかりして画用紙をしまった。その時、希は、濡れ縁のすぐ近くに備えられた石灯籠の陰に、知らない誰かが立っているのに気付いた。

希と同い年くらいの背格好の少年だった。痩《や》せっぽちで色が白く、キャラメルのような甘い色の髪が濡れて真っ直ぐに伸びている。彼は雨に濡れるのを気にも留めず、じっと母屋の方を見ていた。

――何してるの？　誰？

声をかけると少年も希に気付いた。驚いたり怯《ひる》んだりする様子は見せなかった。一見すると儚《はかな》げな少女のようだが、着ているのが白いシャツに黒のズボンの男子用の制服だったので、少年と分かったのだ。

少年は、雨が上がるのを待ってる、と呟いた。抑揚のない、生気に欠ける声なのに、母屋を見据える眼差《まなざ》しだけは凛《りん》と冴《さ》えている。

何か尋常ならない気配に、園遊会の招待客の子供でないことが分かった。父の知り合いの子供は皆、豊かな家でおっとりと育てられている。こんな剝き身の刃物のような鋭い目をするとは思えない。

招待客ではない。ならばいったいこの子はどうしてここにいるんだろう？　どうやってここに入ったんだろう。この屋敷のセキュリティーは、内部の者でなければ大人だって容易には抜けられない。事あるごとに父が自慢しているのだ。

色んな疑問を希は口にすることが出来なかった。母屋を睨む少年は、一切、希のことを意に介していなかったからだ。

その細い、薄い背中は降りしきる雨に濡れて、とても可哀想に思えた。園遊会に呼んでもらえない一族の跡継ぎよりいっそう、寒そうに、哀れに見えた。だからその子がもうこれ以上濡れないように、寒い思いをしないようにこの離れに誘ってあげたいと思った。

けれど、知らない子を離れの中に上げたのが後で知られたら、義母にはとても叱られるだろう。

「ねえ、そこにずっといたら風邪をひくよ」

取りあえずそこから動いてほしくて、希はもう一度彼に声をかけた。

少年は心底鬱陶《うっとう》しそうに希を振り返った。それでも希がじっと彼を見ていると、やがて、人間嫌いの野良猫のような顔をして、こちらに近付いて来た。

希はほっとして、濡れ縁の傍に立つ少年に青い色鉛筆を握り締めた手を差し出した。

「これ、あげる」

少年は途端に不愉快そうに目を逸らした。

「いらないよ、そんなの」

「でもこれ、青空の色だから。雨はいつやむか分からないから、これあげる。俺も、晴れるのを待ってるんだ」

希は彼が、雨がやんで空が晴れるのを待っているものと思ったのだ。さっきまで晴れていた空は、桜が映えてとても綺麗だった。彼ももう一度、あの青色を見たいのだろうと。

希は必死だったが、空の代わりに色鉛筆を差し出すような子供騙しに、少年は溜息をつく。

「お前、こんなところに一人で何やってんの」

少年は色鉛筆を黙殺して、ちらっと離れの中に目をやった。

濡れ縁から見える座敷には、布団が出しっ放しになっていた。希は体調が悪く微熱が続いていたため、女中たちが敷きっ放しにしていったのだ。希がここで生活していることは一目見れば明らかだろう。立派な母屋があるのにどうしてこんなところで寝ているのかと、少年は不審に思ったようだ。

「ここで暮らしてるのか？」

「うん」

「一人かよ？」

「……お母さんといっしょ。お母さんは今、宴会に出てる」

本当につまらない、子供そのものの見栄だ。寂しい生活を送っていることを、たとえ名前の知らない少年にも知られるのが嫌だったのだ。

少年は胡乱《うろん》そうな顔をしていたから、もしかしたら希の嘘を見破っていたのかもしれない。

それでも彼は重ねて希の身の上を問うことはなかった。

「これ、空の色だから、雨が上がった後の空の色だから、あげる」

もう一度そう繰り返した希から、彼はどんな表情で色鉛筆を受け取ったのか思い出せない。

翌朝、ようやく雨がやみ、雲が晴れた。満開だった桜があらかた散ってしまったのは残念だったが、水で洗い流された空気はとても清々《すがすが》しく澄んでいた。

けれど色鉛筆には青色が欠けていたので、希は空の絵を描くことは出来なかった。

希の遊び道具は簡単には買ってもらえなかった。色鉛筆はどれも希の大切な宝物だったのだ。

「希くん」

名前を呼ばれ、霧散していた意識がふっと目の前に集まる。

冷たい雨の記憶が遠ざかり、柔らかい、軽い羽根布団に包まれている現実がはっきりと輪郭を持ち始めた。

布団の上に放り出した右手は、誰かの手をぎゅうっと握り締めていた。

「香坂さん……」

「よかったな、熱が下がってる。体は起こせそうかな？」

希の手を取り、こちらを覗き込んでいるのは香坂だった。背中に手が添えられて、女中が座椅子を運んで来てくれる。背中には丹前がかけられた。体を起こしても、現実感がなくてまだ体がふわふわふわする。

香坂に日付けを問うと、庭園の水抜きの最中に倒れてからなんと一週間近く経っていた。

「顔色もずいぶんいい。何か食べられそうかい？」

「朝食をご用意してございますよ。ずっとお白湯《さゆ》とお薬でしたから無理は出来ませんけれど、ほんの少しずつでも召し上がっていただきますからね」

女中頭ににっこりと笑われた。薄めに作られた粥が運び込まれ、希は覚束ない手で匙《さじ》を取る。はふはふと息を吹きつけて、久々に食事を摂った。

「美味《うま》いかい？」

「おいひ、……です」

香坂はそうかと微笑して、口元についた米粒を取ってくれた。

一週間も寝付いて、髪も寝癖がついて浴衣も寝乱れて、きっとひどい有り様に違いないのに、慈しむように希の面倒をみてくれる。

そういえば、さっき意識が戻るまで誰かがずっと手を握ってくれていたように思う。あれは香坂だったのか。

どうしてか目を覚ました一瞬、もしかしたら和紗が傍にいるのだろうかと思ったのだが、あのぶっきら棒な男がそんな甘やかな真似をしてくれるはずはなかった。ただでさえ多忙な男なのだ。病気で夜の仕事も果たせない愛人になど、構ってはいられないのだろう。

粥を食べ終えて、希は熱さましと栄養補助の錠剤などをいくつか飲まされた。

「あの……和紗さんは？」

さっきから和紗の姿が見えない。いたらいたで怖いけど、いなかったらいないで気になる。

それでも、和紗のことを考えても不思議と気が塞《ふさ》がることはなかった。

どうしてか気持ちが安らいでいる。そうして希は、熱で高揚しているに任せて自分の全部を告白したことを思い出した。希を傍においてもなんの意味もない、と希は自ら彼に告げたのだ。

これでもう、朝比奈の家名や矜持を守りたいと神経を尖らせることもない。

朝比奈家にとって、さして価値もない人間なのだと、また疎外されることに怯えなくていい。

「和紗さんは、これからのことについて何かおっしゃっていましたか」

「別に何も。君にはこれからも、この屋敷にいてもらうつもりみたいだよ」

誰に顧みられなくても、和紗にとって、希は「朝比奈家の血統」として充分に憂さ晴らしに使えるということなんだろうか。

座椅子にもたれたまま思案に暮れていると、香坂が画集を何冊か枕元に並べてくれる。冷える広縁には出られないから、体調が回復するまでこれを眺めていろということらしい。

「香坂さんは、今日は仕事に行かないんですか？　和紗さんは、出掛けてるんでしょう？」

「今日は土曜日だよ。あいつは私用で出てるだけなんだ。俺の祖父さんに会いに行ってる」

「香坂さんのお祖父さん？　だったら、なおさら香坂さんは行かなくていいんですか？」

「短気で気難しい人だから扱いが難しくてね。でも和紗はヘンなところで真面目だから、月に一度きちんと顔を見せに行くんだ。和紗が頭が上がらない、世界で唯一の人間じゃないかな」

「どういう人なんですか、香坂さんのお祖父さんって」

「三星商事《みつぼししょうじ》の前会長なんだよ。会社の創始者だ」

それを聞いた希は啞然《あぜん》としてしまった。

それでやっと、香坂の正体が分かった。香坂が漂わせている不思議な気品は、本来は働かなくても何に事欠くことがない、本物の富裕層としてのものだ。三星商事といえば、国際的な大事業を取り扱う世界的な大企業だ。前会長が直系の祖父であれば、香坂は大富豪の御曹司ということになる。

それを気さくな笑顔で巧みに覆い隠し、参謀として和紗の傍にいる。

それにしても何故、三星商事の会長の孫が五つも年下の男の秘書などしているんだろう。そしてどうしてあんなにも親しげなんだろう？　そう尋ねると意外な答えが返ってきた。

「うちの祖父さんは戦争で子供や親を亡くしてる。戦後の混乱を一人きりで生き抜いて、起業して成功した人なんだ。その時ずいぶん苦労したとかで、現役を退いてからは身寄りのない子供の面倒を見る慈善事業を始めた」

日本では、保護者を失った子供は、十五歳まで政府の施設で育てられる。そして義務教育が終われば社会に出ていくことになる。香坂の祖父はそんな子供たちを手元に引き取って、住まいと仕事を与える活動をしているらしい。和紗はその中の一人なのだという。

「今まで何百人も祖父さんのところで仕事を覚えて独立したり、出世したりしてるけど、和紗はその中じゃ一番の気に入りなんだ。東大在学中からもう自分の側近に取り立ててたくらいだからね。卒業後しばらくして、祖父さんの個人資産を運用するために立ち上げた企業の管理を任されることになった」

それが「ハイブリット・ファイナンス」なのだそうだ。もともとは孫の香坂がその社長に就任し、和紗が秘書として補佐に回るはずだったが、香坂はそれを「面倒だから」と拒絶し、無理やり和紗と立場を取り替えさせたのだそうだ。

希は呆れてしまった。直系の孫とはいえ、企業家として充分な資質があるからこそ、会社を任せようとしたのだろうに。こんなに端麗で、いかにも貴公子然としているのに、なんて強引でマイペースな人なんだろう。

「だってうちの祖父さんは人使いが本当に荒いんだ。俺の親父や二人いる兄貴も三星商事や関連企業の要職に就いてるけど、祖父さんにあれこれ口出されて突つき回されてそりゃあ大変そうだよ。だから和紗に押し付けた。俺も秘書として尽力するつもりでいたし、あいつも誰かの補佐をするよりトップに立つ方が絶対に向いてる」

「まだ若いのに、すごいんですね」

「はは。若いなんて、君が言うなよ」

希の物慣れない所感が、香坂にはおかしいらしい。

「まあ確かに、大変な奴ではあるね。あいつが祖父さんのところに来てすぐに知り合ったからもう十年以上の付き合いになるけど、昔から異様なくらい迫力があって頭が切れた」

それは、和紗に野心があったからだろうか。朝比奈家を破滅させるという野心だ。希の父に家庭をめちゃくちゃにされた子供は、長じて大富豪の信頼を得て、敵を叩きのめすだけの力をつけた。

途中で女中がお茶を淹《い》れて持って来てくれたので、二人でのんびりとそれを飲む。

一息ついて、香坂は意外な話を始めた。

「でもあいつが祖父さんのところに来た一番最初は、まだ小さくて、まさかあんなにふてぶてしくなるなんて夢にも思わなかったなあ」

「和紗さん、小さかったんですか？　今は香坂さんと同じくらい背が高いのに？」

「成長期になってぐんと伸びたね。俺もあいつがうちに来た当初は、ずいぶん可愛い女の子だと思ってたんだ。実はあんまり可愛かったんで、ベッドに誘ったことがある」

悪びれた様子もない、とんでもない言葉を聞いて、希は飲んでいたお茶を噴きそうになった。だが香坂は平然としたものだ。

「ところがベッドに押し倒した途端、顎の下に剃刀《かみそり》が押し当てられた。和紗は俺の体の下で、今すぐ謝るか頸動脈を掻っ切られて死ぬかどっちか選べって言ったよ。おっかないのなんの、以来俺はあいつの言うことには逆らわないことにしてるんだ」

育ちも違うし、年齢も少し離れているのに、二人は妙に気が合ったそうだ。

和紗は本当にずいぶん大人びた少年だったのだろう。

「……それだけ、苦労されたんでしょうか」

「そうだね。親御さんを一度に亡くして、かなりつらい目に遭ったみたいだね。親戚中をあちこちたらい回しにされて、最後に施設に入ったらしい。今でも、俺にさえ昔話は聞かせてくれないよ」

「和紗さんのご両親、亡くなってるんですか？　一度に？」

希の父からさまざまな圧力をかけられて、店が潰れ、一家が離散したとは聞かされていた。和紗が保護者のない身の上になったことはぼんやり予想していたが、両親が一度に亡くなったことは知らなかった。もっと詳しく話を聞こうと思ったが、香坂は傍らに置いていた薄紫の風呂敷に包まれた荷物を手に取る。

「実は、君に見せたいものがあるんだ」

そう言って二つ結びに結ばれていた風呂敷をさっと解いた。

「あ……！」

希は思わず大きな声を上げる。風呂敷に包まれていたのは、額装された絵画だった。希が今年の春先に描いた絵だ。

P10号サイズの麻紙に庭園の菖蒲を描いたもので、色付けのときには明度の高い場所の透明感を出すのにたいそう気を使った。これも離れに置きっ放しになっていたので、当然火事で焼けてしまったのだろうと思っていたが、今は立派な額に入れてある。

火事に遭ったときに全体的に煤を被り、端が焦げてしまっていたので、今まで専門家の修復に出してくれていたらしい。何千枚と描いた絵のうちの、たった一枚。けれど希の元に戻って来た、大切な大切な絵。

希は涙ぐみながら、表面に張られたガラスを何度も撫でた。

「どうしてこれがここに？　火事で焼けたものだとばっかり思ってました」

「和紗が火の中からこれだけなんとか、持ち出したんだ」

「和紗さんが？」

まさか炎の中に入ってということだろうか？

希は思い出した。確か、和紗は希を初めて抱いた時、腕に包帯を巻いていた。どうしたのかとあの時は尋ねなかったが、あれは離れの火事で負った傷だったのだろうか。

それにこの絵は、とても気に入っていたので襖の奥にしまわず、床框《とこがまち》に立てかけておいたものだ。絵の具が染み込んだ薄いパネルは放っておかれたなら一番に焼けてしまってもおかしくないが、目立つ場所に置いていたので唯一救出されたと考えると辻褄《つじつま》が合う。

「東」

その時、襖が小気味よく、ぱんと音を立てて開いた。今帰宅したばかりの様子の和紗が足早に中に入って来る。香坂と希の会話が聞こえていたのか、苦々しい表情をしている。

「おかえり。祖父さんの機嫌はどうだった？」

「勝手な話はするな。絵は黙って返しさえすればそれでいいと言ったはずだぞ」

「これ、和紗さんが一枚だけ助けてくれたって。まさか、火の中に入ったんですか」

絵が助かった喜びで、希もつい興奮していた。熱があるのも忘れて布団から飛び出して、額に入った絵を和紗に差し出した。一心に長身を見上げて問い詰めたが、和紗はつれなくふいと目を逸らしてしまう。仕事の後にそんな瑣末《さまつ》事は面倒だと面白くなさそうな表情だ。

「そんなことは、してない」

「でも、だったらどうしてこれだけ助かったんですか？　和紗さん腕に怪我してたし……他のはスケッチブックだって完全に炭化してました。これ一枚だけ助かったのは不自然です」

「半病人の愛人が、昨日まで伏せってたのにずいぶん元気になったみたいだな」

際どい皮肉に、希はつい押し黙ってしまう。熱を出してからこの数週間、彼は希を一切抱いていないのだ。布団を並べて行儀よく、隣で寝起きしていただけだ。それを皮肉られると、愛人としてここにいる希は立つ瀬がない。

「そういうことは、きちんと病気が治ったらちゃんとしますから」

「しますから、か。それは楽しみだ。今までは、お前は布団に寝っころがってばっかりでどっちが愛人だか分かったもんじゃなかった」

希はどんどん体の熱が上がるのを感じた。どうして、どうしてそんな恥ずかしいことばかり言うんだろう。

香坂はここはもう失礼と立ち上がる様子もなく、涼しい顔で二人のやり取りを眺めている。だから希もだんだん、引っ込みがつかなくなる。香坂には甘えられるのに、どうして和紗に

は、上手くごめんなさいと言えないのだろう。

「分かりました。おやすみをいただいてすみませんでした。今日からでも結構ですのでなんでももう好きに、なさって下さい」

「そうか。じゃあ今すぐ仕事帰りでお疲れさまのキスくらいはしてもらおうか」

「…………な」

「出来るだろう。好きにしろって今言ったばかりだろ」

完全に冷静でいる和紗と香坂を見比べ、希は自縄自縛でだんだん追い詰められていくのを感じた。

小心者のくせに生意気な口を叩く愛人に、和紗は譲歩するつもりは一切ないらしい。

いっそう酷薄そうな微笑を見せる。

「きちんとしてくれるんだろう？　こんなことくらいで怯《ひる》んでどうするんだ」

「別に怯んでいません。ただ……、こ、香坂さんが」

「気にするな。東はお前のキスを見て欲情するほど簡単じゃない」

「俺はただ、この絵がどうして助かったのか、き、き、か、せ……」

聞かせてほしいだけなのに。

そう言おうとして、希は唇を押さえる。

——おかしい。なんだか、さっきからだんだん呂律《ろれつ》が回らなくなってきているのだ。それに、目の前がぼんやりする。目を手の甲でごしごし擦ったが、今度は天井が回り始める。それに、この猛烈な眠気。どうやら、食事の後で飲まされた薬に強い睡眠導入剤が入っていたらしい。

だんだん真っ直ぐ立っていることさえ出来なくなる希を見つめたまま、ボトムのポケットに手を入れて和紗は体を斜めに構えて笑っている。

「眠くなってきたか」

「ちが…………」

傍で二人を眺めている香坂は事情を察しているのか、微笑するばかりだ。

「眠いはずだよ。かなり強い薬だからね。その体で、またこっそり抜け出されて庭を見回られて倒れられたんじゃ困る。和紗からの指示だ」

後で庭の様子を見に行こうと思っていたのに、すっかり見抜かれていたらしい。

ふっと膝から力が抜けて、希はその場に真っ直ぐ腰を落としそうになった。脱力した体を、素早く力強い腕に支えられた。真正面に立っていた和紗に違いなかった。

希はもう手足の自由がきかず、軽々と横抱きに抱え直される。香坂が苦笑するのを気配で感じる。

「可愛いな、絵一枚であんなにはしゃいで喜んで。お前も火の中に飛び込んで火傷《やけど》までした甲斐があったじゃないか」

和紗はそれには答えない。素肌のあちこちに覚えのある、柔らかく温かい感触が、愛しむような優しさで希の睫毛をかすめた。

「たいそうな勢いで変化していくもんだな。最初はろくに口もきかないで無表情なばっかりだったのに」

「若木ほど、刺激してやれば伸びるのは早いのさ」

「そんなものか」

希を抱く和紗の声はすぐ間近で聞こえる。けれどぽわんぽわんと何重にもこだまして、希には上手く聞き取れない。変化している、とは希のことだろうか？

希の体は丁寧に布団に横たえられた。ちゃんと肩まで、掛け布団をかけてもらえる。

「どうせなら、ちゃんと意識があるときに優しくしてやればいい。心を解いて、全部を話す。俺たちには信じられないくらい、真っ直ぐで一生懸命な子だよ。最初はぎくしゃくしても、いずれ上手く心が通じ合うようになるはずだ」

「そう簡単にはいかない。知らずに済むならそのほうがいい。俺は出来ればもう、こいつに惨い話はしたくない」

「――この子は多分、お前が思うほど弱くはないよ」

和紗はもう何も答えない。

ただ大きな手が、希の髪を撫でてくれる。その手つきがとても優しくて、彼がどんな表情でいるのか見てみたいと思うのに、希の意識はゆっくりと真下へ真下へと、落ちていった。


目を覚ますと、希《のぞみ》は和紗《かずさ》の腕の中で眠っていた。

この部屋は時計がないので時間が分からないが、障子越しの日がずいぶん高い。もう正午も近いようだ。休日なので、女中たちも気兼ねして和紗を起こしに来ないらしい。

和紗を起こさないようそっと腕から抜け出し、希は浴衣《ゆかた》を羽織った。障子をそうっと開けると、広縁の向こうからひらひらと何かが舞い落ちて来た。

まさか早い雪かと思って手を伸ばすと、小指の際をすり抜けていったのは秋桜《コスモス》の花びらだった。

地面に落ちた秋桜の花びらが、強い風にさらわれて空に散っているらしい。

風が部屋に吹き込み、舞い落ちてくる淡い色の花びらを手のひらですくおうと思ったが、希が動く度に風が起きてひらひらと逃げてしまう。希は夢中でそれを追った。浴衣を羽織って裾《すそ》を引きずりながら、両手を開いてくるくると回る。多分、遠目から見たらおかしな踊りを踊っているように見えるだろう。

白い一欠片《かけら》を両手のひらでやっと捕まえた途端、布団の端に躓《つまず》いて希は転んでしまう。けれど痛みはなかった。いつの間にか体を起こしていた和紗の腕に受け止められたからだ。

「あ……」

「何をしてるんだ」

低い声で尋ねられて、希は慌てて体を起こそうとしたが、手首を取られて体の位置を入れ替えられてしまう。起き抜けとは思えない、男の凛々《りり》しい表情が目の前にある。

「何を追いかけてた？　ばたばた動いてたろ」

「ごめんなさい、は、花びらを……すくおうと思ったら、風が起きて上手《うま》くいかなかったから」

布団の上に押し付けられた手のひらに、白い花びらを見付けたらしい。

また風が起きてふうわりと畳に零《こぼ》れ落ちたその欠片から、和紗はしばらく目を離さず、じっと眺めている。不意に、二の腕を摑《つか》まれ顔を寄せられる。

「今、笑ってたな」

「……すみません」

希は怯《おび》えて体を竦《すく》めた。いい年をして花びらを追いかけるなんてみっともないことをすると怒られているのだと思って、もう一度謝ろうとしたら、和紗はふっと唇を緩めた。

「確かに綺麗だった。花が舞って、お前の絵の世界にいるみたいだった」

彼が笑ったことに、今度こそ当惑してしまう。希の絵を引き合いに出されたことも驚きだ。

和紗がそんなにじっくりと希の絵を見ているなんて夢にも思わなかった。そんな思いが、つい表情に表れていたのかもしれない。自嘲《じちょう》するような気配があった。

「俺は東《はじめ》みたいに絵のことは、あまり詳しくない。そんな余裕のある環境では育たなかった。何枚お前の絵を見ても、気のきいた言葉の一つも言えない。だけど、お前の絵は嫌いじゃない。好きだ」

好きだ、ともう一度繰り返す。それは普段は無口でいる男の睦言に思えて、希は赤面してしまう。

「もう一度、笑ってみろ」

その長い、節の高い指が希の唇を辿《たど》った。深い、黒い瞳《ひとみ》には幸福そうな光が宿っている。

「もっと笑え」

どう反応していいのか、希は戸惑ってしまう。もともと表情を作るのは上手くない。笑うなんてどうやったらいいのかと間抜けな質問を口にしかけたその時、そのまま男の体がずっしりと圧《の》し掛かってくる。耳元で、すう、と寝息が聞こえた。希は首だけ起こして、まじまじとその寝顔を見詰める。話しているうちに再び寝入ってしまったらしい。

彼は希を復讐のために手元に捕えているのではなかったか。

そんなに気を許しても、平気なんだろうか。

また刃物を持って彼に襲いかかるとか、そんなふうには思わないんだろうか？

――なんだか、よく分からない。

分からないまま、まだ、視界の果ては色とりどりの花吹雪だ。男の温かい体の下で、希はそれを眺めていた。


体調が充分に戻り、やがて希は医者にも太鼓判をもらえた。

その日、希は和紗とともに香坂《こうさか》が運転する車に乗り、都心に向かった。

希が着ているのは、和紗が贈ってくれた軽いジャケットと、シャツにボトムだ。

それを着るように言われた今朝方から、希には大きな不安があった。この服を贈ってくれた時、和紗は「展示会に行く」と希に告げたのだ。もう何日も前の話だが、その時感じた恐怖感がまだ希の胸にあった。

――見世物にされる。

希をどんなに虐《しいた》げても朝比奈《あさひな》家への痛手にはならない。しかし、和紗にそのつもりがあれば前代社長の息子を晒《さら》しものにする方法で「朝ひな」を辱めることは、出来る。

けれど移動中の車の中で、和紗は相変わらずの無口で、仏頂面でいる。行きたくないとは言い出せない雰囲気だった。

しかし、老舗ホテルの二階の催事場で、その「展示会」会場の両開きの扉を過ぎ、希はあっと声を上げた。

そこは豪華絢爛《ごうかけんらん》な日本画の世界だった。

「展示会」とは呉服の展示会ではなく、日本画の「展覧会」だったようだ。この会場には、金沢《かなざわ》にある国立美術館から国宝級クラスの日本画が三日間だけ貸し出されて展示されているそうだ。ここで一般公開されるのは二日だけで、初日の今日はごく少数の好事家《こうずか》たちだけが招かれているらしい。

屏風《びょうぶ》画や、衝立《ついたて》画サイズの大型の絵画ばかりで、それぞれが独立の展示台の上に掲げられ、細かに調整したライトが当てられている。希の立っている場所からはまだすべての作品を見ることは出来ないが、それぞれの絵画の迫力と格調高さが場内にはっきりと漂っている。

立ち尽くす希の顔を、和紗が不審そうに覗《のぞ》き込む。

「どうした？　気分が悪いのか？　車に酔ったのか？」

「いいえ、あの」

希は自分の勘違いが恥ずかしくなった。

「俺、展示会って言われたから呉服の展示会だと思ったんです。『朝ひな』の取引先がたくさん来てるような場所だと思ったから」

それで和紗にも意味が分かったのだろう。

呉服の展示会だったら、「朝ひな」の同業者がたくさん訪れる。没落名家の末裔を飼っているのだと誇示するつもりではないかと希は勝手に思っていた。しかしそれは完全な希の被害妄想だった。和紗にはそんなつもりは毛頭なかったらしい。

二人のちぐはぐな会話を聞いていた香坂は、呆れたように苦笑している。

「なんだ和紗、展示会なんて言ったのか。売買が目的じゃないときの美術品の展示は、展示会じゃなくて展覧会っていうんだよ」

「悪かったな、物知らずの朴念仁《ぼくねんじん》で」

憮然としたように香坂に答えて、それから希に向き直る。

「確かに、呉服の展示会ほどじゃなくても日本画が展示されてるなら、『朝ひな』の同業者がいる可能性は高い。嫌なら帰るか？」

帰るか？　と思いもよらず優しげな声で尋ねられて、希は戸惑う。

どうしよう。希はほとんど屋敷から出たことがなかったが、正月と盆くらいは母屋に呼ばれて客に挨拶《あいさつ》したこともある。母と生き写しだというこの顔を見たら、「朝ひな」の幻の五代目と気付かれて嘲笑《ちょうしょう》を受ける可能性は充分にある。しかも、会社を乗っ取った男の世話になっているといったら、おかしな邪推を受けるんじゃないだろうか。

しかし、ふっかりとした絨毯《じゅうたん》に一歩踏み出し、一番最初の作品を見た途端に、希はすべての葛藤《かっとう》を忘れていた。

それは芸者置屋の襖《ふすま》に、日本画の大家が酒を飲みながら戯れに描いたという一枚だ。女性の婚礼衣装の色打掛に織り込まれることが多い、白菊、牡丹《ぼたん》、若々しい松の木が華やかながら重厚な筆致で描かれていた。

横には歌の一節が遊び心たっぷりの草書体で認《したた》められている。

――金襴緞子《きんらんどんす》の帯しめながら、花嫁御寮はなぜ泣くのだろ

――文金島田に髪結いながら、花嫁御寮はなぜ泣くのだろ

蕗谷虹児《ふきやこうじ》の「花嫁人形《はなよめにんぎょう》」だ。

希は総毛立つような興奮と感動に囚われて、ゆっくりと広いフロアを歩き始めた。和紗が手を繋《つな》いでくれていることすら気付かないほどだった。

希の嗜好に合わせてくれたのか、ここで展示されている絵画はすべて花や草木をモチーフにしているものだ。それも、整備された庭ばかり眺めていた希には珍しい、向日葵《ひまわり》や白詰草《しろつめくさ》というものも題材として扱われている。

その色合いはうっすらと淡く、素描も細かい。近代の油絵と比べるといかにも頼りなげにも思えるが、色水を少しずつ流したようなグラデーションや、草の葉の今にも折れてしまいそうな繊細な描写は水彩画でないと表現しきれないものだ。

「どうだ？　気に入るようなものがあったか？」

「はい、きれい、全部すごく綺麗」

すっかり声が上擦《うわず》っている。それに気付いて、いきなり恥ずかしくなる。

「すみません、興奮して……今まで、画集でしか絵を見たことがなかったから。着物に起こしてあるのは何枚か見たことがあるけど、絵自体もこんなに綺麗なんて知りませんでした」

「買ってやれたらよかったんだけどな。さすがに簡単にはいかないらしい」

ほとんどが国宝級の水彩画で、普段は国立の美術館で大切に保管されているものばかりだ。個人の買売など出来るわけがない。

「ここにあるのは無理でも、新作ならもしかしたら押さえられるかもしれない。香坂、仲介者に頼んでここに展示してる作家のスケジュールを――」

「わあっ、いいです、いいです」

すでに携帯電話まで取り出している香坂の腕を摑んで、慌てて引きとめた。まったくこの人たちはとんでもないことを考える。もういい加減、希も彼らの破天荒ぶりには慣れたほうがいいのかもしれない。

どきどきしながら順路を歩く希は、ふと気付いた。無意識のうちに、希は和紗の手を握り締めている。

希が絵画に夢中になり、順路を歩く間、和紗はずっとこうして杖代《つえ》わりに希を支えていてくれたらしい。

慌てて、体を離す。それでも和紗は手を放さなかった。

「気にするな、お前がふらふらしてたら周りの迷惑になる」

自分のすぐ傍《そば》にいろと強い力で引き寄せられる。確かに彼と手を繋いでその隣を歩くと、守られながらゆっくりと絵画を見ることが出来る。

けれど、希は何か不思議な感覚を覚えた。こうやって手を引かれることに違和感を感じないのだ。初めてだという緊張感を感じない。希の手を包み込んでくれる、その大きな手のひらの感触。

記憶を速やかに辿る。

希の体は布団に横たえられていた。高熱を出し、涙が零れるほどの不安に夢の中を彷徨《さまよ》いながら、けれど希の手は、まるで現実に繋ぎ止められるかのようにしっかりと、誰かに握り締められていた。目を覚ましたとき、すぐ傍に香坂がいたからあれは香坂の手だったに違いないと、希は思い込んでいた。

そう思いながら、希は順路の途中で足を止めた。

「あの、和紗さん」

和紗が斜めに希を見下ろす。それだけでこちらを怖気《おじけ》づかせるほど、威圧感のある男ではあるけれど。希は繋いでもらっている手を、少し掲げて見せた。

「こんな時に……こんなこと聞くの、おかしいですけど、和紗さん、もしかして、俺が熱を出してるときにずっと手を握っててくれたんですか？」

繋いだ手に力が入る。気まずそうに目を逸《そ》らされて、希はやはりあれは彼だったのだと確信を持った。毎日仕事で忙しいのにもかかわらず、和紗はずっと、弱った希の傍にいてくれたのだ。

どうしてそう言ってくれなかったのだろう。

熱にうなされていたあの時に、この手の感触に、希はどれほど癒されたかしれないのに。

「こら、ちび助！」

その時、突然怒鳴り声が辺りに響き渡った。

振り返ると背後に黒服の男たちを三人従えた、和装の老人が立っていた。髪も顎鬚《あごひげ》もすっかり白くなっているが、上背があり、威風堂々とした雰囲気を纏《まと》っている。

しかし希はついきょろきょろ周りを見回してしまった。

――ちび助？　どこに子供がいるのだろう。

しかし老人はずかずかとこちらに近付いて来たかと思うと、いきなり杖の取っ手でごつんと和紗の額を叩いた。希はびっくりして声も出せない。

「この馬鹿もんが！　顔も見せんと毎日、何をしとるか！」

和紗は渋い顔をしているが、文句も言わずに叩かれた額を押さえている。

「毎日毎日、儂《わし》が茶を煎《せん》じて待っておると連絡を入れとるだろう！　美味《うま》い茶を飲ませてやると言ってるのにどうして店に来んのじゃ！」

「先日、『ハイブリット・ファイナンス』の月々の経営報告にはきちんと伺いましたよ」

「それだけか！　ちっとはこの老い先短い爺を哀れに思って機嫌を取ろうとか、そんな可愛げのあるところを見せようとは思わんのか！　お前もじゃ東！」

和紗と希の後ろにいた香坂がやれやれと言いたげに肩を竦める。どうやら二人とも老人の横暴には慣れっこでいるらしい。老い先短く哀れとは到底思えない、矍鑠《かくしゃく》とした老人だ。

老人は和紗が片手にぶら下げている希に気付いたようだ。当惑する希にはお構いなしに、足先から頭までじろじろと眺め回し、それからぽんと手を打った。

「なるほどこれが『朝ひな』の幻の五代目か」

初対面の希にも、まるで遠慮がない物言いだ。しかしそこには一切陰険なものがなく、和紗の傍にいることを嘲笑する気配もない。

「罰が当たりそうなほど綺麗な男とは聞いておったが、なるほどこれは相当上等だ。儂の申し出を断ってお前が家から出さんと言い張っても仕方があるまい」

申し出？　なんの話だろう。どうやら希に関することのようだが、希にはよく分からない。場はまったく老人の独壇場で、ますますその声は大きくなるばかりだ。

「しかし嫁も取らんとお稚児遊びか。あのひねくれたちび坊主がご出世ご出世、優雅なもんじゃ」

「翁《おきな》、声が大きいです。こちらに」

礼儀正しく老人を敬う和紗の所作が、新鮮で、希はなんとなくどぎまぎしてしまう。そして希はすぐに理解した。

この老人は香坂の祖父だ。つまりは三星商事の前会長で、現在和紗が社長を務める「ハイブリット・ファイナンス」の出資者だ。義務教育が終わった後の和紗を引き取って、一人前になるまで面倒を見たという人だろう。言いたい放題を言っているようで理不尽な様子はまるでなく、和紗への強い愛情がはっきりと感じられる。

和紗は翁の肩に手をかけ、黒いスーツの護衛と香坂に合図する。

「お話は、階下のカフェで。翁をお連れしてくれ」

しかし香坂の祖父は、杖の取っ手でいきなり希を指し示した。

「儂はそれとも話したい。茶を飲むのならそれも同席させろ。お前たちのようなでか物《ぶつ》にばかり囲まれたら息が詰まるわ」

「これは騒々しいのが苦手です。今日はゆっくりとここの絵を見せてやるつもりでいたので、同席は許してやって下さい」

和紗が困ったように希を見たので、希は自分から一歩退いた。「ハイブリット・ファイナンス」の出資者と話をするなら、希に聞かせると不都合な内容もあるのだろう。つまり、翁と和紗との会話で希は邪魔だということらしい。

「俺、後は一人で回って観てますから。すみません、失礼します」

希はそれだけ言って、なるべく足早にその場を離れようとした。しかし和紗は希の手首を取り、引き止めた。振り返ると顔がすぐ間近に寄せられている。

「ゆっくり回ってろ。疲れたらロビーに行って座ってろよ。知らない奴についていくんじゃないぞ」

まるで留守番の子供を相手にするようにそれだけ言い置いて、踵《きびす》を返すと再び翁の元へ帰って行く。

ものものしい集団が希から離れて行く。

それを見送りながら、どうしてか希は悄然《しょうぜん》としてしまう。何かおかしな疎外感を感じていた。

当たり前のことなのに。希は絵が見たいし、和紗や香坂と一緒に同席させられても、話すことなんか何もない。

希は彼らとは、なんの関係もないのだから。

残りの作品を見ることに集中しようと思ったが、心が乱れて上手くいかない。おまけに、途中で足が痛みだして通路で転んでしまった。

通りすがりの男性が手を差し出してくれたが、希はそれを断ってようよう自分で立ち上がった。

なんて情けないことだろうか。一人でまともに歩くことも出来ないなんて。

他の客の邪魔にならないよう、会場の一角に設けられた休憩所のソファに希は腰掛けた。一人でぽつんと座り込む希の目の前を、和服を着た若い女性が三人、通り過ぎていく。恐らく、絵心のある良家の子女が連れ立って鑑賞に来ているのだろう。三姉妹なのか、それぞれ芍薬《しゃくやく》、牡丹、百合を染め付けた友禅を身に着けている。

希は彼女たちから目を逸らせなくなった。

笑いさざめく彼女たちが着ているのは、偶然にも「朝ひな」の工房で染められた着物だった。

手触りや落款を確かめなくても独特の深い色合いからすぐに分かる。

けれどそれは希の父親の時代のものではない。父の時代には満開の花を袖に配するような大胆な図案はあまり採られていなかったからだ。色合いも若い客層にも好まれるよう、より色鮮やかに、華やかになっている。

それがごく洗練されていて、染付けの職人たちが働く工房の活気溢《あふ》れた様子が窺《うかが》える。

「朝ひな」は和紗の手で着々と経営を回復しているのだろう。

そこで希は気付いた。さっき感じた疎外感の正体だ。

——ああ、そうか。和紗には、ちゃんと居場所があるんだ。

希の父親に家庭をめちゃくちゃにされたことで、一家が離散して辛酸を舐《な》めた頃もあったのだと、希も知っている。

けれど今は、和紗にはきちんと居場所がある。

同じ場所にいたら声をかけてくれて、もっと近くに来い、もっと顔を見せろと気にかけてくれる人がちゃんといるのだ。

羨《うらや》ましい、と言ったらおこがましいだろう。それは全部、和紗が努力をして手に入れたものなのだから。

そして、そこに希の居場所はない。希は和紗の復讐心を満たすただの道具に過ぎないのだ。

見事に立身出世を果たした和紗にとって、希は対等な人間ではないのだ。

そのことが何故《なぜ》かとても悲しい。

さっきまで和紗が繋いでいてくれていた手のひらを見下ろし、希はただうな垂れていた。


庭の掃《は》き掃除を終えて、希はふうと溜息をつく。

清々しい気持ちで空を見上げた。こんなに気持ちいい汗をかくなんていつ以来だろう。

見上げれば、秋晴れの空には雲一つない。空気がひんやりと澄み渡っていた。

「次は何をしたらいいですか？」

「まあ、希様……」

希の様子を見に来た女中頭が困惑した顔で頬に指を添える。希は箒《ほうき》で集めた枯葉の小山を指差した。

「これに火を点《つ》けて焚き火をするんでしょう？　中にさつま芋を入れて」

「いけませんいけません、火を点けるなんて危のうございます。お芋がお召し上がりになりたいんでしたら、私どもでご用意いたしますから。さあさあ、もうお休みになって下さいな、居間でお茶をご用意しますから」

「いいえ、他にも何かやらせて下さい。俺、仕事をさせてほしいんです」

もういけない、もう休んで下さいなと繰り返す女中頭にせがんでいると、ちょうどそこに、水が入ったバケツと雑巾《ぞうきん》を持った若い女中が通りかかった。窓の拭《ふ》き掃除をするらしい。希は彼女を追いかけて、道具を奪って玄関から順番に窓ガラスの掃除を始めた。

希は一昨日から、この家の家事を手伝っている。

あの絵画の展覧会以来、和紗に言い渡されていたノルマのデッサン十五枚は実に気持ちよく、手早く描くことが出来た。絵を描くことは創作とも言えないただの一人遊びのつもりだったのに、展覧会ですぐ間近に見た大家たちの作品群に、希はすっかり圧倒され、そして駆り立てられていた。

もっと絵が描きたい。どんなに稚拙でもいい。

自分の手で形に残るものを作り上げるという作業は、改めて希の胸を弾ませた。

スケッチの後で墨で下絵を取ったり、岩絵の具で色付けすることも増えた。場所を移して、屋敷内に飾られた古美術品や生け花を描くこともある。それでも和紗が帰って来るまでに充分に時間がある。絵画以外のことにも目を向ける心の余裕があった。

もしかしたら、それは余裕ではなく、むしろ焦燥なのかもしれない。

今まで知らなかったことを知りたい。自分が出来ることを一つでも増やしたい。

和紗のように立派に出世したいなどと身のほど知らずなことは思わないが、それでも膝を抱えて座り込んでいるだけでは嫌だ。

誰かに――和紗に認められたいという気持ちも、どこかにあった。

家事を手伝いたいと申し出た希に、女中たちは最初は困惑顔をしていたが、すぐに飽きるのではないかといくつか簡単な用事を任せてくれた。

簡単な用事、とはいえ、普通の大きさの家ではない。雑巾かけ一つで何時間もかかる。窓ガラスを拭く作業も、変わり窓や雪見障子のすり硝子《ガラス》など、広い屋敷には窓にも何種類もあるから、その度に掃除道具を変え、ガラスに傷をつけないよう注意しなければならない。

小さな離れにいたから仕方がないかもしれないが、屋敷を維持することに大変な手間がかかることを知らずにいた自分が情けなく、恥ずかしかった。

やがて希は、和紗が使っている二階に上がった。

座敷が多い一階とは反対に、二階はモダンな洋風に設《しつら》えられている。手すりや窓枠に流麗なラインが多用される、大正時代に流行したアール・ヌーボーと呼ばれる建築様式だ。ここに和紗の仕事部屋や、香坂の自室、応接室などがある。プライベートな場所には勝手に入ってはいけないことは分かるので、希は応接室の窓を拭き始めた。

水が入ったバケツを抱え、不自由な足で右に左にと場所を移し、窓辺の飾り台の隅々まできちんと丁寧に拭いていく。

もともと使用人たちの手で丁寧に手入れしてある部屋だが、綺麗であればあるほど和紗も仕事をするのに気持ちがいいに違いない。

ぴかぴかになった窓ガラスを見上げ、希は満足してにこりと笑う。

やり残しはないだろうかと部屋を見回す。そしてローテーブルに嵩《かさ》高く積み上げられている幾つもの白い台紙に気付いた。

角もそろえず無造作に扱われているようだが、一つ一つの台紙には水仙の透かし織りや絹の房が付けられており、たいそう価値のあるものだと分かる。

いけないことだと思ったが、とても綺麗だったので希はついその一つを手に取り、開いた。中には振袖を着た女性の肖像画が二枚、挟まれている。

——若く、とても綺麗な女性の写真だった。それから筆で和紙に書かれた「釣《つり》書《がき》」だ。

衝撃に、希は息を呑んだ。これは、見合い写真だ。

和紗はどうやら、結婚の準備を進めているらしい。毎日仕事に忙しそうな状況で今すぐにというわけではないだろうが、あれだけの地位と美貌をもつ若い男を周囲も放っておいてはくれないのだろう。

展覧会で出会った香坂の祖父も、嫁も取らないで、と和紗を叱責していた。

和紗はいずれ結婚して家庭を持つのだ。

誰かをちゃんと愛して、愛される。そんなふうに幸福になるのだ。

そんな単純な、当たり前の未来に希は衝撃を受けた。

希は重たいバケツを抱え、ふらふらと階段を下りた。右足を庇《かば》い、手すりをしっかり持っていたつもりだったが、踊り場を過ぎたところでいきなりがくんと膝が抜けた。

あっと思った時には希は大きく前のめりになって階段から落下していた。希の手を離れたバケツは一番下の段に激しくぶつかり、中身の汚水を派手にぶちまけながらごろごろと床を転がった。その真上に叩きつけられるかに思えた希の体は、寸前で誰かの腕に抱き止められた。勢い余って、二人ともども床に倒れる。

「……何をやってるんだこの馬鹿!!」

希を腹に乗せた格好で、和紗はいきなり鋭い叱責を飛ばした。倒れた際に床を濡らす水が染みたのか、和紗の上着はすぶ濡れになっていた。

たまたま今日は早めに帰宅していた和紗が、二階に上がろうと階段室に入ったそこに希が落ちて来たということらしい。女中たちが方々から集まって、階段室は騒然となった。

和紗は転がるバケツと、希が握り締めていた雑巾を見て、大まかな状況を察したようだ。

「いつからこんなことをしてる？」

「……一昨日からです」

和紗が勢いよく女中たちに顔を向ける。女中頭が肩を縮め、申し訳ございませんと頭を下げた。希は慌てて体を起こすと、両手を広げて和紗と女中頭の間に立ち塞《ふさ》がった。

「待って下さい、違うんです、俺がお願いして無理にやらせてもらったんです。皆さんは悪くありません」

それを聞いて、和紗は濡れた上着を女中に手渡し、彼女らを下がらせる。そのまま希を連れて、一階のサンルームに入る。シャツから無造作にネクタイを解き、不機嫌そのものの仕草でどさりとソファに腰掛けた。

「何か、言いたいことがあるなら聞いてやる」

希はおどおどと和紗の傍らに立った。和紗の不機嫌が心底怖かった。

反発や敵愾心《てきがいしん》というものではなく、ただどうやったら彼を怒らせずに済むか。嫌われずに済むかという焦燥に駆られている。

「俺、し、仕事がしたいんです。だからこの家の用事をさせてもらおうと思って」

「以前言わなかったか？　この家の使用人は全員有能だ。お前が手を出したら、却《かえ》ってさっきみたいに足を引っ張ることになる」

「……すみません」

申し訳ないことをした。希の失敗の後始末をしなければならなくなった女中たちに、後できちんと謝っておかなければならない。

「あの、このお屋敷の用事を手伝うのが駄目だったら、『朝ひな』の仕事を手伝わせてもらえないでしょうか」

希は思いきって、そう切り出した。和紗が眉を顰《ひそ》める。

確かに今更、希が「朝ひな」に関わりたいと思うのは厚顔が過ぎるかもしれない。

「……なんだと？」

「もちろん、お客様のお相手や経営に関わらせてほしいなんてことは思ってません。ずっと無給で、下働きで構いません。終業の時の掃除や、お客様の草履《ぞうり》を揃えたり、雨の日にはお客様の足元をお拭きしたり――」

その途端、和紗が手のひらでテーブルを叩いた。ばん！　と激しい音がして希ははっとして口を閉ざす。

和紗は希を見据えていた。激しい憤りをありありと感じる。

希はすっかり怯えてしまった。自分の言葉を思い返したが何が和紗の逆鱗に触れたのか、まったく分からなかった。

「それが、お前のやりたいことなのか？」

希は困惑して、うろたえて、ただおどおどと和紗の顔を見ていた。

やはり、「朝ひな」の仕事をしたいなんて厚かましかっただろうか。

「やりたいです。なんでも、どんな仕事でもいいです」

「どうして突然そんなことを言い出した？　何が欲しいんだ。画材か？　絵か？　不満があるなら俺にでも香坂にでも、なんでも言うように最初から言ってるはずだ。仕事がしたいなんて遠回しなことを言わずに直接言えばいい」

「違います、何かが欲しいとか、贅沢がしたいとかじゃないんです。俺はただ、何か一つでもまともに出来るようになって、いつか自立することを考えないといけないと思っただけです」

「自立？」

訝《いぶか》しげに尋ね返した和紗に、希は何度も頷《うなず》いて答えた。どうやって自分のこの気持ちを上手く伝えたらいいのか、よく分からない。自分の口下手がもどかしかった。

「自立して、それで居場所が欲しいんです。ずっと、自分はここにいていいって思える場所が欲しいんです」

「今さら何を言ってる？　そんなものは必要ない。お前は一生俺の傍にいる。ここがお前の居場所だ。お前はここで、ずっと好きな絵を描き続ければいいんだ」

「でも……」

「他のことは何も考えなくていい。お前は一生俺の傍で暮らすんだ」

そんなことは信じられない。どう考えたって、それは有り得ないことだ。

和紗は明らかに、希に優しくなっている。

本当の悪党が、階段から転がり落ちて来た人間を、自分が怪我をするのも顧みないで抱き止めるような真似をするはずがない。離れの火事から希の絵を救ってくれたのも彼だと希はちゃんと分かっている。展覧会に連れて行ってくれたことも、それまで蔑《ないがし》ろにされて、隔離されていた希に哀れみを感じてのことだろう。

多分、和紗はもともとはとても優しい人なのだ。

ただ、今は復讐という言葉に囚われてしまって、我を忘れているだけに違いない。

和紗はいずれ、綺麗な女性と家庭を持つ。そしてそのうちきっと可愛らしい子供が生まれる。その時、希はいったいどこにいるんだろう。また、この母屋から遠く引き離されて、誰からも忘れられて、小さな離れで一人静かに暮らしていくことになるのかもしれない。

そんな生活に舞い戻るのが、今の希には怖い。

押し黙る希に、和紗が苛立《いらだ》ったように立ち上がった。一瞬で、ガラス窓の間際に追い詰められ、逞《たくま》しい腕の中に抱き竦められていた。

「待って、下さい、話を…………！」

必死になって自己主張をしようとする唇が、強引に封じられる。

「……うん、んっ！」

唇が重ねられ、舌が搦《から》め捕られる。顔を背けたが、後頭部の髪を摑まれて、より深々と口腔を犯される。途切れ途切れに抗議の声が漏れたが、抵抗は一切叶わなかった。

やがて離れた唇から、唾液が細く糸を引いた。熱っぽい吐息が漏れる。

「……は……」

「最近、少し甘やかし過ぎたか？　お前は自分の立場を忘れてるみたいだな」

ぐったりとした希を腕に抱きながら、和紗は冷ややかな口調で言い放つ。

「反省するまで外出は取りやめだ。展覧会にも、どこにも連れて行かない」

希はあっと声を上げた。

今週末、烏丸《からすま》の大きなギャラリーで後期印象派の展覧会が開かれるという。和紗はそれにも連れて行ってくれると約束していたのだ。希は油絵もじかに見るのは初めてで、その後には、なんとレストランで食事をしようと言ってくれた。

いずれクラシックや雅楽《ががく》のコンサートにも連れて行ってやると話していた。

それを全部、今からとてもとても、とても楽しみにしていたのだ。

希は大慌てで和紗に取り縋《すが》った。和紗だって、希がどれくらい外出を心待ちにしていたか分かっているはずなのに。

「取りやめなんて嫌です、連れて行ってくれるって約束したのに」

「お前が素直じゃないからだ」

和紗は冷たくそう言い捨てた。

「そんなに仕事が欲しいなら、俺がくれてやってもいいぞ。これから夜、俺に抱かれる度に金をやろう。短時間で高収入だ。お前はただ布団に横になって目を閉じてるだけでいい。お前の言い値を出してやる」

「そんなの………っ」

そんなの、丸きり売春ではないか。

「何を驚いてる？　今さらの話だろ」

絶句する希の肩の上に、和紗が手をついた。追い詰められ、冷えたガラスがいっそう背中に押し付けられ、希は体を震わせる。

「ちゃんと俺の命令を聞いてろ。お前はどうしてここにいるんだ？　一番最初に賭けに負けたからじゃないのか？　世間に出て俺が言う金額を用意出来なかった。だから俺に囲われてるんだ。自分の立場を忘れるなよ。俺はお前に自由なんか認めない」

「………」

「もしも俺の命令を破って勝手な真似をするなら、俺ももう容赦はしない。工房も会社も、この屋敷も全部取り壊してやる。『朝ひな』の商標も破棄する。もちろん、お前が大事にしてる庭も地面を掘り返して潰《つぶ》す」

希は息を呑んだ。この屋敷で、庭は消失した離れと同じくらい、希が愛情を感じている場所だ。

和紗は今度はそこを形《かた》に取ると言っている。どうあっても希を解放するつもりはないと、彼ははっきりと宣言している。

希には自由を認めない。自立など絶対させない。希を愛人として傍に置く。それが和紗の、朝比奈家への報復なのだから。

「…………っ……」

堪《こら》えようと思うのに、目の前が急速に滲《にじ》んでいく。

よくやく感情を覚え始めた希は、泣くのもあまり上手に出来ない。

嗚咽《おえつ》を堪える様子があまりにも哀れっぽく、苛立ちを誘うのか、和紗の挙動はひどく荒々しいものだった。

「くそ…………！　何が気に入らないんだ。どうして泣く必要があるんだ！」

苛立ったように激しく叫んで、再び、荒々しく希を抱き竦める。

いつもそうだ。この男は、手ひどく突き放しておいて、惨いことを言って、その直後に希を抱き締める。

希はめちゃくちゃにされる。心を壊されていく。

彼の激しい憎悪と、優しさに。


「希くん、酒はいけるんだっけ」

香坂に話しかけられて、希は顔を上げた。

コースの三番目に運ばれて来たのは、フォアグラを香草とともにパイ生地で包み焼きにし、伊勢海老《いせえび》を裏ごししたクリームソースをかけたたいそう手の込んだ料理だった。白ワインによく合うと、香坂は絶賛している。

「成人してるんだもんな。せっかく外出して飯も食ってるのに酒を飲まないなんて大人としてマナーに反する」

羽目を外してみるかと勧める香坂に、和紗は渋い顔をして見せた。

「飲ませるな。免疫がないんだ、ひっくり返ったらどうするんだ」

「酒の味を教えるのは年上の人間の務めだよ。それを美味いと思うかどうかは各自が判断することだ。お前、少し過保護なんじゃないのか」

そう言って、空だった希のワイングラスに白ワインを注《つ》いでくれる。

確かに希は、和紗が言うとおり酒への免疫がなかった。それほど飲みたいわけでもなかったが、半ば和紗へのあてつけのつもりでグラスに口を付けた。

今日は、三人で夕食に東山《ひがしやま》のフレンチレストランを訪れている。

屋敷で出される食事は和食が多いので、西洋料理を盛った皿はどれも希にはとても珍しく、美味《おい》しく思えた。けれど少しも心が弾まない。

家事を手伝おうとしたことを叱られて、約束していた展覧会には本当に連れて行ってもらえなかった。ちょうど月末で、和紗が多忙な時期と重なったのだと香坂がフォローしてくれたが、希は心底がっかりしてしまって、しばらく誰とも口をきくことが出来なかった。楽しいと思えていた家事も禁止されて、絵を描くことさえどうしても上手く進まず、とうとう十五枚のスケッチのノルマに、一枚足りない日がでた。

ノルマが果たせなければ女物の着物を着せる――そう脅されていた希は身が竦む思いがしたが、和紗は横暴を働くでもなく、何故か希をあちこちに連れ出してくれるようになった。

規模を問わなければ、市内では毎日、どこかのギャラリーで何がしかの美術品の展覧会が開かれている。今日は東山の画廊で美大生が創った焼き物を見に出かけた。

外出のためだと、希のスーツや靴が山ほど用意された。

自分の権力を見せつけようとしているのか、それとも希の衣食住すべてを完璧に自分の思うとおりにしないと気が済まないということなのか。

その意図がまるで読めないのに、それでも希は、一日二十四時間のうち一時でも、和紗が自分のことを考えていてくれるのが死ぬほど嬉《うれ》しくてならないのだ。

嬉しい。当初の関係からすれば有り得ない感情だった。和紗が自分の一族を崩壊させて、自分を陵辱した男だと、希にもちゃんと分かっている。

それなのに彼の傍にいるだけで、希は胸の高鳴りが抑えきれなくなる。堂々たる風格を持つ、完成した大人の男のようであって、それなのに時折不安定な少年のような表情も見せる。その危うさから目を離せない。切なくて、幸福で、胸が痛い。

世事に疎い希だったが、こんな自分の心の有り様を一言で言い表すことが出来る。

信じ難いことだけれど、自分は多分、和紗に惹《ひ》かれている。

捨てられるのが怖い、離れるのが怖いと思うこの物狂おしさは、恋慕以外の何ものでもないと思う。もしかしたら、これも和紗の罠《わな》なのかもしれない。物知らずで単純な希は、体だけでなく心も、彼が思うままに弄《もてあそ》ばれているだけなのかもしれない。

それでも常に胸を痛く、切なくする感情はどうしようもない。

――怖いと思う。

このまま彼に溺《おぼ》れていくことが。何も持たない寄る辺《べ》のない身の上で、彼だけに囚われていく自分が希には恐ろしかった。

「悪い、中座する」

携帯電話に連絡が入ったと、和紗が席を立つ。テーブルに香坂と二人きりになり、希は思いきって顔を上げた。

「香坂さん」

希は香坂が注いでくれたワインを一気に空けた。上等なワインを一息に飲むなんてあまり上品な振る舞いではなかったが、これから希は、馬鹿げた、とんでもない言葉を口にしなければならない。自分を鼓舞するために、アルコールの酩酊《めいてい》が必要だった。

「俺、香坂さんにお願いがあるんです」

思い詰めた表情の希に、何かただならないものを感じたのだろう。いつもの飄々《ひょうひょう》とした様子ながら、その明るい色の瞳には抜け目なく希の感情を探る気配が窺える。

「俺に仕事を紹介してくれませんか」

「仕事？」

香坂は首を傾《かし》げた。香坂は、和紗と希の間に起こった出来事はなんでもすべて把握している。

「君は、あの屋敷の使用人の手伝いをして和紗に叱られたんじゃなかったかな。確かまだ数日前のことだ。以来ずっと冷戦が続いてる。食事の間も完全に無言だ。あいつはちらちら君の機嫌を窺ってるみたいだけど」

「そんなこと……」

機嫌を取るなんて、そんなことがあるはずないと、希は視線を下向けた。

「君ももう分かってるはずだ。こうやって食事に連れ出すことはあっても、和紗は君を働かせるなんてことは絶対にしないと思うよ。君は和紗の大切な愛人だからね。屋敷を出て仕事をするなんて論外だ」

「大切な愛人なんて言葉、……矛盾してます」

生意気な言葉を返す希に、香坂は面白そうに微笑してみせた。

「和紗が屋敷にいない間だけ働くにしても、知ってのとおりあいつの帰宅時間はまちまちだよ。平日に突然自宅で待機して、客を迎えることもあるだろう。そんな都合に合わせて働ける仕事なんてそうそう有り得ないよ」

「だから考えたんです。和紗さんにばれないように、短時間でお金を稼げるような仕事はないかって」

希はカトラリーを皿において、背筋を伸ばした。

きっと香坂にも反対されると予想していた。だから希なりに知恵を絞って一生懸命考えたのだ。

「自分の体を売るっていうのは、だめなんでしょうか」

これにはさすがに香坂も意表を突かれたらしい。一瞬いつもの穏和な笑みを消した。

「とんでもないことを思いつくね。どこで覚えたのかな、そんなこと」

「俺の父親が……和紗さんのお父さんに、そんなふうに言ったことがあるって」

「……なるほどね」

香坂は少し意味ありげに呟《つぶや》いて、ワイングラスに口を付ける。

女房を一週間五十万円で買ってやる。希の父は、借金で追い詰められた和紗の父親を侮辱するためにそう持ちかけたのだ。

何も持っていないなら、体で稼げばいい。皮肉にも、希の現在の状況にぴたりと沿う言葉だった。

「つまり売春は、それを強要することで相手を卑しめたり、侮辱したりする手段にもなる行為だ。体だけじゃない。人間としての尊厳を切り売りするわけだからね。心と体をモノとして金と引き換えにする。それは分かってるかな」

「わ、分かってます」

「そうかなあ。売春なんて馬鹿を言いだす時点で、君はどこかで、セックスは甘いものだって勘違いしてるように思うよ」

「でも……俺が今、和紗さん相手にしてることだって、そう変わりません」

卑下しているのではなく、それは事実だ。

最初は賭けに負けたことで体を拓《ひら》かれた。

次は、庭を形に取られている。

体を開くことでようやく和紗の慈悲を得ている。売春とまったく同じ行いだ。

「俺、いつでも和紗さんから自立出来るように、準備をしておきたいんです。だけど俺には他に出来ることなんて、何もありません。あの、俺は男ですけど、俺には分からないですけど、和紗さんは……」

「そうだね、とんでもなく君に溺れてるね。夜の君の何もかもを俺に自慢したくて時々うずうずしてる」

希はどぎまぎと視線をうろつかせる。ずるいと思う。香坂はわざと過激な言葉を使って、希を攪乱しようとしているのだ。年下の希に無理を言われて弱っている、という軽やかなポーズを取っているが、こちらの言い分を聞き入れるつもりはないのが分かる。

「香坂さんに迷惑をかけるのはよく分かってます。俺がおかしなことをするのに手を貸したら、後で和紗さんと揉《も》めてしまうのかもしれないのも」

「和紗と揉めるのは日常茶飯事だし、君が商品なら買い手を捜すのは簡単だ。もちろん朝比奈家のお姫様だっていう素性は伏せざるを得ないけど、俺は和紗ほど品行方正じゃないから、悪い遊びをしたがる人間をある程度は知ってるよ」

大富豪の家に生まれ育ち、ハンサムで頭もいい。生まれながらに何もかもに恵まれた人だから、その分享楽的な「悪い遊び」を身につける余裕もたっぷりとあったのだろう。

傍で生活していて分かることだが、和紗が勤勉でストイックなのに対して、香坂にはその優雅な振る舞いに反して時折、放埒《ほうらつ》な気配を感じる。

「君の気持ちは分かった。だけどその方法が売春だっていうのは、あまりにも安直過ぎるよ。それは諦《あきら》めなさい」

「嫌です」

「もしも君が和紗を裏切ったことがばれたら、大変なことになるよ。俺でも多分、本気で怒ったあいつを止めることは出来ない」

「でも――でも」

「希くん」

香坂は悠々とカトラリーを使っている。高圧的な気配はないが、我儘《わがまま》は一切許さない、静かな迫力がある。それでも希はごめんなさいと言わずに食い下がった。

今の希には香坂だけが頼りだ。香坂に断られたら、もう次の手が思いつかない。

希が頑《かたく》なに唇を引き結んでいるのを見て、香坂は根負けしたように溜息をつく。唇には苦笑いのような、哀れむかのような不思議な微笑が浮かんでいた。

「まいったな。俺も、君のその顔には弱いんだ」

そして自嘲するように肩を竦める。

愚かながら真剣な希の企みを、もう冗談や揶揄《やゆ》であしらうつもりもないらしい。膠着《こうちゃく》した話し合いに、打開案を提示してくれる。

「分かった。じゃあこうしよう、あと三日考えてみないか？　それでどうしても気持ちが揺るがなければ、俺も君に協力するよ」

「――本当に？」

「本当に。ただし、その間、君は自分がしようとしてることをよく考えなきゃいけない。和紗以外の人間に体を売ることの意味をだ。君はあくまで和紗の愛人だ」

本来は意志を持ち得ないおもちゃなのだ。

持ち主の命令を無視して別の人間と遊ぼうとしている。それはおもちゃとしては、もっとも許されない行為だろう。あまりにも愚かな振る舞いに、主にはもういらないと放り出されるかもしれない。

――いや、希はむしろそれを望んでいるのかもしれない。

いつか、もういらないと放り出されるなら、今すぐそうしてほしい。もっと彼に恋する前に。

そんな破滅的な思いに駆られるほど、希は和紗に惹かれている。

「……まったく、君たち二人は揃いも揃って頑固だね。頑固で、可哀想になるくらい、不器用だ」

どこか痛ましそうに、希に笑いかける。

「君が考えてるよりずっと、和紗は君に囚われてる。俺はただ、君がそれに気付いてないだけだと思う」

香坂のどこか謎めいた言葉に、一瞬、空恐ろしい後悔が胸を過《よ》ぎったが、希はそれ以上何も言うことが出来なかった。

和紗が席に帰って来たからだ。先程と違い緊張感が漂う席に、訝しいものを感じたらしい。

「どうした？　何かあったか？」

「いいや、何も。コースの先を進めてもらおう」

香坂がそつなく答え、ワイングラスを掲げる。

美食三昧の豪華な夜は、危うい不安を希の心に残して過ぎていった。


三日後の正午だった。

朝に和紗とともにいったん仕事に出た香坂が屋敷に戻って来た。和紗が取引先との会食に出ている間に、希を迎えに来たのだ。

いつもと同じように、広縁に出て絵を描いていた希は、香坂に促されてその用意を始めた。

何故か香坂は希の衣装に大振袖を用意していた。袖に豪華な桜の刺繍《ししゅう》が施された、非常に手の込んだ一枚だ。

桜は冬が近付く今の季節に適っていないが、それが希の初めての「客」の好みなのだそうだ。着付けは仮装パーティーがあるのだと言って、女中たちに任せた。女中たちはこの屋敷には珍しい、賑《にぎ》やかな話だと喜んで、たすきがけをして希の支度を手伝ってくれた。

うっすらと化粧を施し、髪は結い上げられるほど長くないので、庭で摘んだかすみ草がさり気なく飾られた。

男物の浴衣や単衣には慣れているが、女性ものの着物を着るのは希ももちろん生まれて初めてだ。

長襦袢は淡いぼかしのクリーム色で、大振袖には桜の刺繍がぎっしりと重たいほどに施されている。金襴緞子の帯で胸元まで巻き上げられると、呼吸も出来ないほどの圧迫感を感じる。まるで力強い男に背後から抱き締められているかのようだ。

男の自分が化粧までして大振袖を着るなんて、希には頓珍漢で滑稽としか思えないが、支度を終えて玄関に出て来た希を見て、香坂は感嘆の声を上げた。

「驚いた。それこそ日本画から抜け出した御令嬢みたいだ」

そんなふうに称讃されても希には喜べるはずもなく、メルセデスに乗り込んでからは緊張のあまり吐き気がする始末だ。

「帰るかい？」

ハンドルを握る香坂に問われた。

「顔色が真っ青だ。やっぱり、体を売るなんて君には無理だよ」

「いいえ、いいえ」

希は必死になってかぶりを振った。

「お願いです。このまま……連れて行って下さい」

「和紗を裏切ることになるって、分かって言ってるね？」

「……はい」

答えた途端、胸の奥は後悔と恐怖でいっぱいになった。

本当は猛烈に、屋敷に帰りたいと思った。やっぱり出来ないと言ってしまいたい。

今引き帰したら、何もなかったことに出来る。香坂も、希のとち狂った振る舞いを和紗に黙っていてくれるだろう。

けれど希も、もうさんざん悩んで決めたことだった。いつか一人にされて放り出される。

孤独感から脱け出す方法を知らないまま、また一人にされる。その恐怖を忘れられるような、もっといい方法があるというなら希が教えてもらいたいくらいだった。

やがて、連れて行かれたのは市内の一流ホテルの最上階にあるスイートルームだった。

香坂は相当に羽振りのいい男を希の「客」に選んだらしい。

両開きの紫檀《したん》の扉の前で、香坂は呼び鈴を押した。

「中にいる人は」

香坂は希を肩越しに振り返る。

「君を一週間、五十万円で買いたいと言ってたよ」

哀れみを含んだような口調で告げられた。どこかで聞いたことがある台詞《せりふ》だった。

それに気付いたときには、もう遅かった。

次の間から、居間に入る。ガラス張りの窓から真昼の市内が臨める、まるでパーティーでも開けそうな広い空間だ。真っ白なグランドピアノを挟んで二つ並べられたソファセットの、一番奥に男は座っていた。背後の窓からは真昼の光が燦々《さんさん》と溢れている。ちょうど逆光になっていて、男の表情を見ることは出来なかった。

希は眩《まぶ》しさに目を眇《すが》め、香坂に背中を押されるままに、一歩前に出た。

「挨拶を。君のお客様だ」

もう逃げられない。心臓が破裂しそうなほど、激しく脈打っている。

しかし、細かに体を震わせて俯《うつむ》く希より先に、男が口を開いた。

「馬鹿にもほどがあるな、希」

その声を聞くなり、戦慄が体を走り抜ける。がくがくと足が震えた。

振り返ると、香坂は申し訳なさそうに肩を竦めた。

「悪いな、希くん。だけど俺の主は、あくまでもこの男なんだ」

窓の向こうで、太陽に雲がかかったのか、一瞬日射しが陰る。長い脚を組んで、こちらを見ている男の美貌が明らかになり、希は眩暈《めまい》を覚えた。

スイートルームの居間で待っていたのは、和紗だった。香坂が紹介してくれるという希の「客」は和紗だったのだ。

香坂は和紗に黙ってことを進めてくれると言ったはずだ。希もそれを信じた。しかし、希が仕事をしたい、売春でもいいから相手を見繕《みつくろ》ってほしいと頼んだことは、和紗には筒抜けだった。

どんなに希に優しくても、香坂は、あくまで忠実で優秀な和紗の秘書だった。社長と秘書という上下の繋がりを、香坂は冷厳として守ったのだ。

和紗は何もかも、香坂に知らされている。三日という期限があったにもかかわらず、希が意志を翻さなかったことも、全部知られている。

「俺、俺……ただ仕事がしたくて……、家の用事を手伝うのも、外に出るのも駄目だって言われたから、だから」

「それで思い付いたのが売春か？　それがまともな方法だと思うのか。お前といるとこっちの頭がおかしくなりそうになる」

「は、働いて、何が悪いんですか。和紗さんは、いずれ俺をあの屋敷から追い出すんじゃないですか」

つっかえながらも負けずに言い返した希を、和紗が不愉快そうな表情で睨《にら》む。

これ以上怒らせてはいけないと頭の奥では警鐘が鳴り響いていたが、けれど一方的に嬲《なぶ》られるのは堪《たま》らなかった。

「和紗さんの復讐が……気が済んだら、飽きたらもう、俺のことはいらなくなります」

「飽きるだと？　気が済む？　俺の、『朝ひな』への報復の話か？」

悠々と脚を組み替え、喉の奥で、抑えたような笑いを漏らす。

「今、ここで断言してやる。朝比奈家を許すことは永久にない」

永久、という強い言葉を聞いて、希はぞくりと体を震わせる。顔を強張らせてただ立ち尽くす希の足元を、和紗は顎《あご》でしゃくって示した。何があるのかと恐る恐る目を向けたが、桜が染め付けられた大振袖が真っ直ぐに下がっているばかりだ。

「何も思い出さないか、そんな桜の柄の振袖を着ても」

「桜…………？」

それはもちろん、希も気になっていた。

美しい桜の着物。本来ならこの柄は三月から四月辺りに着るものだ。何故香坂が、わざわざ季節違いの着物を選んだのか、希には分からなかった。

「あの時も季節に合わせて、桜の着物を着てる客がたくさんいた。途中から雨が降りだしたんだ。だから宴会は屋敷の中で続けられた」

希の脳裏に、雨に散っていく桜の光景が浮かんだ。

桜吹雪。雨に散っていく、桜。それから、石灯籠の傍でじっと立っていた少年の後ろ姿。

希はすうっと息を吸い込んだ。あまりの衝撃に、胸の奥が冷え冷えと凍えていく。

「まさか……」

「園遊会の客に紛れて朝比奈の屋敷に潜り込んだあの時、俺は十六歳だった。シャツの下に包丁を隠し持ってた。俺はお前の父親を殺すつもりでいたんだ。お前に見付かって、青い色鉛筆を手渡されて、顔を真正面から見られなければ俺はそのまま、母屋に乗り込むつもりだった。お前の父親を殺すためにな」

信じられない。

晴れた空の代わりだと色鉛筆をあげたあの少年が、和紗だったというのだ。思いも寄らなかった事実を告げられて、希はただ呆然《ぼうぜん》としていた。

和紗は相変わらず、男らしい端整な顔に微笑を浮かべている。記憶の中の、線の細い儚《はかな》げな少年がこんなふうに逞しく育ったとは、俄《にわか》には信じられなかった。

「お前の父親が、俺の親父に色んな圧力をかけて、店を潰した話はしたな？」

希が和紗と初めて出会った日に聞かされた話だ。

「朝ひな」の得意先が着物の染付け職人だった和紗の父親を気に入って、たくさんの注文を入れるようになった。客を取られたことが気に入らず、希の父は金銭的な圧力をかけて、和紗の父親の店を窮地に追いやったのだ。

躊躇《ためら》いがちに希が頷くと、和紗はいっそう酷薄に笑ってみせた。

「俺の父親を追い詰めたのは、お前自身だっていうことには気付いてたか？」

「え……？」

希は弾《はじ》かれたように顔を上げた。

もう聞きたくない。聞いてはいけないと思うのに。和紗の言動には、目を逸らせない危うさが満ちている。

「親父はお前の父親がいるあの屋敷に出向いて、店が潰れないですむよう、圧力を取り下げてもらえるよう何度も頭を下げた。品物の配達に使う軽トラックに乗って、追い払われても毎日毎日諦めずに頼みに行った。親父は本当に職人気質で、生真面目な性質だったからな。傍《はた》から見たら、さぞ面白おかしかっただろう」

自分の工房を守ろうとする男の懸命さが却って希の父親をいっそう意固地に、嗜虐的にさせたのかもしれない。もしかしたら「朝ひな」の強力なライバルになるかもしれないと危機感を募らせたかもしれない。

けれど分からない。希が、和紗の父親を追い詰めたというのはどういう意味なのだろう。

希は和紗の父親に会ったことさえないのだ。

「親父は途方に暮れてた。疲れきっていて、金の工面《くめん》のことで頭がいっぱいだったんだろう。

朝比奈の屋敷から軽トラックを運転していて、——いきなり目の前に飛び出して来た子供を避けきれずに撥《は》ねた」

ああ、と悲鳴を上げそうになって、希は草履を履いた足元をよろめかせた。

希の右足の傷跡だ。希が不注意でぶつかった軽トラックを運転していたのは、和紗の父親だったのだ。

「嘘《うそ》、うそだ……」

「轢《ひ》いた相手が誰の子供か分かって、親父にはもう打つ手がなくなった。お前の親父にとっては大笑いしたいくらいの僥倖《ぎょうこう》だろう。病院でお前の足の傷を親父に見せて、借金と治療代、慰謝料とを耳を揃えて用意しろと言ったんだ。持ってる物は一切合財処分して、女房を売ってでも、工面しろとな」

希は多分、足の手術の直後で意識がなかったのだろう。

父はわざわざ、怪我をした希の姿を見せて、和紗の父親を追い詰めたのだ。虫唾《むしず》が走るような仕打ちだ。

そしてその後、和紗の一家に何が起こったのか、希は聞かされた。

和紗の父親に、あまりにも絶望的な状況を打破する力はもう残っていなかった。彼は自分の妻と一人息子の手を取って、三人がばらばらにならずに済む唯一選択可能な方法を取った。

工房の梁《はり》から縄を下げ、親子三人で首を吊《つ》ったのだ。

惨い一家心中で、どんな幸いか、和紗はたった一人生き残ってしまったのだろう。子供だった彼がその後、希の父親への復讐を思い立ち、刃物を手にするまでどんな目に遭い続けたか、想像に難くない。和紗の存在感が独特なのは、彼が死地を知っている人間だからだ。

「これで納得が出来るか？　これが俺の朝比奈家への憎悪の根幹だ」

希を愛人と呼び続け、自由を奪い続けた。

けれど、そのうち和紗は不思議に希に優しくなって、触れ合うことに希は甘ささえ覚え始めた。

それはもしかしたら、彼の復讐心が薄れ、希がこの屋敷から放り出されることを意味しているのではないかと思っていた。

だが違ったのだ。和紗の朝比奈家への怨みは、希が想像していたより遥《はる》かに深いものだった。

飽きたのではない。許したのでもない。

許されることは絶対にない。解放されることなど有り得ない。

和紗はソファから立ち上がると、呆然自失している希を半ば引きずるように寝室に連れ込んだ。南国のコテージのような、ドーム型の天井を持つ白亜の部屋だった。蝶や花を織り込んだ淡い紗《しゃ》を何重にも垂らした天蓋つきのベッドの上には、白いシーツが敷かれ、色と香りの強い、鮮やかな花びらが散らされている。

香坂は寝室までは追っては来ず、希はなす術《すべ》もないままベッドの上に放り投げられる。本能的に、逃げなければ大変なことになると思うのに、不自由な衣装を纏い、体は恐怖のために硬直し、悲鳴も上げられない。

「売春なんてくだらない真似をしようとしても、たとえ直前にでも気持ちを翻したら気付かなかったふりで許してやろうと思ったのに。お前にはそんなつもりもなかったみたいだな」

圧し掛かられ、しゅっと音がして帯締めが解かれた。か弱い花のように、水色の紐がベッドに放り出される。

「いや」

希はかぶりを振って、男の胸を突いたが抵抗はもう叶わない。

華麗な衣装を身に纏い、希はただ、愚かな振る舞いの罰を受けるしかないのだ。

「ん、んっ、――……ふ」

口腔が熱でいっぱいになっている。

唇から唾液が溢れ、開きっ放しの顎ががくがくと震え始めた。

希は床に膝をつき、ベッドの端に座る和紗の股間に顔を埋《うず》めて、唇での奉仕をさせられている。フェラチオの要領にも希は疎く、唇を窄《すぼ》めて和紗を吸引するだけで息が苦しい。

けれど和紗は、冷たく希を見下ろしたまま、許すとは言ってくれない。

「も、…………駄目」

息苦しさに耐えかねて顔を背けると、すかさず後ろ髪を摑まれて、再び唇を犯される。何度も施してやったはずなのに不器用な奴だとからかわれて、閉じた目から止めどなく涙が溢れる。

けれど希はそれを拭《ぬぐ》うことが出来ない。

希の両手は帯締めで後ろ手にしっかりと縛り上げられている。

希をきつく締め上げていた帯も今は解かれ、シーツの上で波打っている。クリーム色の長襦袢と、桜の柄の大振袖を羽織っているが、おはしょりが落ち、ぎっしりと刺繍を施された袖が垂れて、まるで昔の女郎のように卑猥で淫靡な格好を強いられていた。

和紗は本気で怒っていた。今までも何度も怒られたし、いつも不機嫌な男だと思ってはいたが、ここまで激昂《げっこう》しているのを見たことはなかった。

「……………んっん!」

摑んだ髪を揺さぶられ、首を激しく前後させられる。

喉の奥を、昂《たかぶ》った牡の先端が何度も前後する。希の後ろの蕾《つぼみ》を使って交わる時と同じリズムで出し入れされ、それからいきなり口腔から引き抜かれた。

「――あっ！」

頬にぴしゃりと迸《ほとばし》りが浴びせられた。打たれたように呆然としていると、頬から唇にかけ、白い体液がとろりと零れ落ちる。

さんざん唇を蹂躙《じゅうりん》された後の、更なる惨い仕打ちに、希は大きく肩を喘《あえ》がせた。

「壮絶な色気だな、希」

「いやだ……っ」

かぶりを振って抗《あらが》ったが、顎を取られ、無理やり上向かされた。涙と精液でぐしゃぐしゃになった顔を見下ろされる。屈辱に塗《まみ》れたその表情が、しかし男の嗜虐性をいたく刺激するらしい。

「こうやって汚れて誘えば、お前のために一財産差し出す男も、確かに現れるだろうな」

売春という企みはそう悪くない。和紗は皮肉そうに笑って、立ち上がった。

「あ……っ!!」

拘束された体をすくい上げられ、ベッドに放り投げられた。シーツの上に大振袖が開き、希は絹を纏わりつかせる真っ白な裸体を晒す。

希は心底怯えていた。唇で奉仕させられただけで、希はまだ、体のどこにも触れられていない。

和紗を下手な口淫で一度満足させたからと言って、許されるとは到底思えなかった。

陵辱は、これから始まるのだ。

「いや………、いやっ！　もう、もう許して下さい………」

もうすぐ大きく開脚させられるであろう足を固く固く閉じて、希は必死になって哀願した。こんなふうに縛り上げられ、どんな折檻《せっかん》を受けるのか、考えただけで気絶しそうだった。

「ごめんなさい。勝手なことをしてごめんなさい。もう許して下さい、ひどいことは、しないで」

「笑わせるなよ。売春しようなんて覚悟があって、この程度で何を怯えてる？」

「………いや、嫌………っ」

和紗は希の無防備な体に圧し掛かった。ベッドのスプリングがぎしりと鳴く。

「どうやって男を楽しませるつもりだったのか、俺によく見せてみろ」

乱れた呼吸に激しく上下する希の胸に顔を寄せる。絹と擦れて少し尖《とが》ってしまっている乳首をしばらく眺めていたが、やがて舌で突ついて悪戯《いたずら》を始めた。

「やっ！　あ、ァ………！」

軽く歯を立てられ、口の中で転がされる。

弱い場所から的確に責められ、どうにかこの仕打ちから逃れようと気持ちを焦らせて、希は不注意な言葉を漏らしてしまう。

「俺は………、俺は、ただ、自立がしたくて、色んなことが知りたくて………」

「色んなこと、か。だから他の男も味わってみたいって言うわけか？　確かにこんなにいやらしい体だ。俺一人じゃ満足が出来ないでずっと疼《うず》かせてたんだろう」

哀願のつもりが、簡単に揚げ足を取られてしまう。

「東！」

和紗の声が、凜と響き渡った。

香坂は先ほどの居間にいて、ことが終わるのを待っている様子だった。しかし、和紗の呼ぶ声が聞こえたらしく、しばらくして寝室の扉が開いた。

特に躊躇いもせず、中に入って来た香坂は、長襦袢をはだけて半裸を晒し、罪人そのものに後ろ手に縛り上げられている希を見て、おやおや、と肩を竦めた。

「何かと思ったら。どうした？　以前みたいに間近で色っぽい声だけ聞かされるのはごめんだぞ」

「朝比奈家のお姫様のご要望だ。俺一人じゃ食い足りないらしい。お前も相手をしてやってくれ」

「そんな……！」

和紗のとんでもない提案に、希は愕然とした。

——信じられない。

和紗は香坂にも、希の体を弄らせろというのだ。いくら罰と言っても、そんな破廉恥な真似が出来るわけがない。

希は這《は》いずるようにしてベッドのぎりぎり奥まで逃げた。不自由な体を恐怖と羞恥で漲《みなぎ》らせる。

「言ってません、そんなこと！　出て行ってもらって下さい」

「お姫様は納得してないみたいだけど、いいのか？」

「いいさ。欲しがりのくせに素直じゃないんだ。天邪鬼《あまのじゃく》だから、こっちが意を汲んでやらないといけない」

「いや！」

香坂は男っぽい仕草でネクタイを緩める。迫る危機に希は体を翻したが、易々《やすやす》と和紗に捕まってしまう。

髪を振り乱して抵抗したが、力の差は歴然としている。ベッドに腰掛けた和紗の膝に座らされ、太腿に手をかけられて、股間を大きく開かれてしまう。幼児が小用をさせられるような、惨めでみっともない格好だ。

「いや……っ」

恥ずかしい場所を曝《さら》けだされ、希はただ、啜《すす》り泣くしかなかった。

香坂がゆったりとした足取りでこちらに近付く。和紗が目で促したのか、大きく割られた希の足の間に膝をついた。先ほど、希が和紗に奉仕したときと、ほぼ同じ姿勢だ。

香坂は希の足の間に顔を寄せて覗き込んだ。希は体を竦ませる。性器は香坂から丸見えだ。もちろん、その後ろで息づくいやらしい蕾も。

香坂はおや、と感心したように呟く。

「毎日、ずいぶん可愛がってるんだな。普通と少し様子が違ってる」

「俺が変えたんだ。少しずつ可愛がって柔らかくした」

「あっ…………………」

竦み上がっているそこを、香坂の指の腹で撫で上げられた。途端にぞくりと、体が快感に疼く。

和紗によって、希のそこは感じやすい性器に変えられてしまっているのだ。表面を優しく嬲られただけで、希はいとも簡単に感じてしまう。

「……いや、や………、ん………っ」

「………感度も抜群だ。まったく素晴らしいな」

香坂は好ましそうに目を細めて微笑した。

「それで、王子。いったい何をいたしましょうか？」

冗談めかした質問に、和紗は主の口調で、傲然と答えた。

「これをもっと感じさせろ。頭がおかしくなるくらい」

「御意」

涙で濡れた希の頬に宥《なだ》めるように指で触れて、けれど香坂の唇は、まだうな垂れている希の性器に寄せられた。

彼が何を意図しているのかは、明らかだった。

希は絶望のあまりに、顔を涙でびしょびしょにして哀願する。

「香坂さん、香坂さん、………お願い、おねがいです」

「ごめんな。こうなるのが分かってたから、重ねて止めたんだけどね」

「………おねが、………っ！」

懇願は聞き入れられず、希の性器は深々と香坂の口腔に収められた。

甘い衝撃に、希はあられもなく悦楽の悲鳴をあげた。快楽の中枢を温い粘膜で包み込まれ、性器には一気に血液が集まり、勃起する。

「あぁ――……、んっ――！」

香坂の唇は、和紗のそれより、やや冷ややかだった。

そして性技には、和紗がするのとはまた違う、妄《みだ》りがましい大人の快楽がたっぷりと忍ばされている。薄い皮を丁寧に引き下ろされ、完全に露出させられた先端にはねっとりと舌を這わされる。

透明な先走りは、水音を立てながらすべて啜りとられ、また根元まで咥え込まれる。

性器が蕩《とろ》け落ちてしまっているのではないかと思うほどの濃厚な愛撫に、希は身悶《みもだ》え、切羽詰まった声を漏らし続けた。

「……あぁ、ん、あぁ………っ、あ――――ァ……――」

「いい子だ。そのまま、俺達に全部預けて感じてるといい。そうしたら和紗はきっと、ひどいことは何もしないよ」

希を懐柔する香坂の愛撫の一方で、背後から希を抱く和紗の指先の動きも止《や》むことはない。胸の尖りをいやらしくこね回したり、反らせたうなじに甘く舌を這わせたりする。

二人の男の性技に、希はいっそう長襦袢を乱し、髪飾りのかすみ草も取りこぼしてしまっていた。

長くフェラチオを施され、香坂の唾液は少しずつ希の秘密の場所へと流れ込んでくる。和紗がアメニティーから用意していた乳液の瓶を受け取り、それを使って、さらに潤わされる。

「……ん、ん………、はぁ…………っ」

器用な長い指が少しずつ、希の中に入り込み始めた。

狭い筒が擦られ、拓かれていく。快感に弱い希の蕾は、見知らぬ指と分かっていながらすっかり口を緩めて、くちゅくちゅと濡れた音を漏らす。

不意に、香坂の長い指が、内部でくっと折り曲げられた。

衝撃に、希は目を見開き、全身を激しく痙攣《けいれん》させる。

「いや、あああぁ………っ!!」

「そう……ここもちゃんと教えてもらってるんだな」

背後で、和紗がふっと笑う気配があった。香坂は希の秘密の凝りを探り出し、指先で弄んでいるのだ。

「ああっ！　だめ、もう、も…………」

泣きじゃくりながら、鞭打たれたように大きく背中がしなって、希はとうとう二人の傍で恥ずかしい体液を飛び散らせてしまう。足の間をびしょ濡れにする、子供そのものの粗相だ。

絶頂感を極めて緊張しきっていた手足から、がくりと力が抜けた。

唇からは、だらしなく涎《よだれ》が一筋、零れ落ちる。

「あ……、ふ……っ」

「お姫様には、少し刺激がきつかったかな。可哀想に」

香坂はそう言って、ベッドに横たわると、和紗から希の体を受け取り、腹の上に乗せてくれた。

ずっと縛られていた手首を解放して、冷たくなった指先に何度もキスしてくれる。

希は嗚咽しながら、香坂の胸に頰を押し付けた。

和紗が言うとおり、希は香坂のことが大好きだ。兄のように、心から慕っているから、こんな狂態を見られるのはつらい。つらかった、恥ずかしかったと泣くと、よしよし、と髪を撫でてくれる。いつもの優しい香坂に変わりなかった。

それなのに、香坂の腕は、がっしりと希の腰を押さえ込んでいる。

「や……や、なに？」

「しい。キスくらいは俺にも認めてもらおうか？」

そう言って、希は香坂に唇を奪われてしまった。

「んっ、……ふ」

媚《こ》びる猫のような姿勢で、香坂とキスを交わす。髪を撫でられ、柔らかい感触に、感じやすい希はつい、目を閉じる。巧みな舌使いにさっき施された口淫を思い出して、性器は再び熱を取り戻す。

しかし希ははっと我に返った。

「あ……？」

「香坂ともずいぶん相性がいいみたいだな、希」

真後ろで希の襦袢を捲《まく》り上げたのは和紗だ。下着を着けていない尻が、丸出しになってしまう。嬌態を他の男に見せたのが気に入らないのか、和紗はひどく不機嫌な様子でいる。

腰を高々と抱え上げられ、香坂の愛撫によってすっかり蕩けた蕾に、指を這わされた。

「何、なに？　ごめんなさい」

何をされるのかと怯え切って振り返ろうとするが、大丈夫だよ、と目の前の香坂に宥められた。両手を頬で包まれて前を向かされる。

「いや、だって、うしろ…………」

香坂はただ微笑している。

濡れそぼった秘密の蕾が、和紗によって左右に押し開かれた。入り口の具合を確かめるように、牡の濡れた先端が、何度か上下した。

まさか、まさかこうして香坂の腰に跨《また》がった四つん這いの姿勢で和紗との性交をするというんだろうか。けれどそれは確認するまでもない。和紗の意図は明らかだった。

「力を抜け、希。手は香坂と繋いでろ」

「あ………、あ………！」

「そう、いい子だ希くん。ほら、またキスしようか？」

あやすような表情でいる香坂と唇を重ねかけた途端、まるでそれを阻むようにいきなり、真後ろから衝撃があった。

「あ――――っ!!」

香坂の体の上で、和紗が希を背後から貫いたのだ。

香坂に手首を取られたまま、ぐん、と背筋がしなる。

息をつく間もなく、いきなり始まった抽送には容赦がなかった。体の内奥をえぐられ、こね回されて、開発されきった一番敏感な凝りを擦り立てられた。

「いやっ！　あん！　あ………っ、あああっ！」

腰を高々と抱え上げられ、角度を変えて更に淫らに突き上げられる。入り口の粘膜がまくれ上がって潤いが零れ、ぐちゅぐちゅといやらしい水音が聞こえる。

希はなすすべもなく、絶頂の瀬戸際まで追い詰められた。

「だ、め……、もうダメ………」

快楽に溺れ、涙でぐっしょりと濡れた睫毛の先に、香坂の美貌があった。

「見ないで……、お願い、見ないで……っ」

かすれた声で、希は哀願を繰り返す。嚙み締めて赤く充血した唇を香坂が指先で辿った。

「どうして。すごく可愛いよ」

「あっん、……やっ、やん……っ」

「お前は東が嫌いじゃないだろう？　遠慮しないで感じろよ」

和紗にいっそう深々と犯される。

体内に彼の灼熱をはっきりと感じる。和紗が与える官能に、希は陶然となり始めていた。

希にセックスを教え込んだのは、和紗なのだ。希の何もかもを知り尽くしているのは、和紗だけなのだ。

羞恥に染まりながら、待ち焦がれていた快楽はこれだと、希にもはっきりと分かる。

紅潮した素肌に汗を滴らせ、希はただ愉悦の声を上げ続けた。

嬌態を見守る香坂は、苦笑したようだ。

――可愛いけど、見ているだけではさすがに少し、つまらないな。

そんなふうに希に囁《ささや》きかける。そして希の下肢に手を伸ばし、性器をゆるゆると愛撫し始めた。

「やめて……、ああ――……っ」

前への刺激に、きゅううっと、和紗を締め上げてしまう。香坂の愛撫で感じていることを、どうしても和紗に知られてしまう。

恥ずかしくてどうにかなりそうだった。

「もう許して下さい、もういや、おかしくなる」

和紗一人を相手にするときでさえ、希は先に快感の臨界点を超えて早々に失神してしまうことがある。それが倍になり、もはや気絶することさえ出来ずにいる。

やがて希は命令されるままにどんな淫らな痴態も取るようになった。

「あっん、あ……、ああ……」

香坂と何度も何度もキスして、導かれるままに自分の性器や和紗との結合部にも触れてみた。

彼らが求める言葉も、いくらでも口にする。

「いい……、気持ちいい…………！　また、いく……っ」

「いけばいい。ちゃんと見ていてやる」

受け入れさせられているのは和紗だけだが、実質的には、二人に犯されているようなものだ。

それでも感じてしまう自分の淫らな体が恥ずかしい。彼らに可愛い、ちゃんと見ていると囁かれると、どうしようもなく煽《あお》り立てられ、理性が手のひらから零れ落ちていく。

「いい、いや………――、い――」

いく、と切羽詰まった悲鳴をあげ、希はまたも射精を迎えた。

頭の中が真っ白になり、一瞬、何も感じなくなった。

快楽での拷問は、それからも、長く、長く続いた。さんざん射精をして、もう勢いもなく、透明がかった体液がとろとろと性器の先端から溢れ出すようになっても、指で、性器で、希はなおも、和紗に犯され続けた。

やがて自分の体液にまみれた放心状態で、希は和紗に抱き締められた。

襦袢や大振袖は床に落ち、希は完全に生まれたままの姿でいた。

香坂の姿はすでになかった。

「どうしてこんな……、どうして…………」

胸の痛みに、希はただ涙を零した。

二人がかりでの情交は、もともと兄弟のように親密でいる彼らには、性的な意味合いなどさしてはないのかもしれない。

けれど希にはとてもつらかった。

さっきの行為の最中、希の意志はどこにもなかった。

自立したい、という希の主張は、完全に封じられた。あんなに恥ずかしい仕打ちは、お前の言葉などまともに聞いてはやらないと、言下に拒否されたも同じだ。

和紗には、希の話を聞くつもりはない。こちらがどんなに必死で真剣でいても意味はない。従順であるべきおもちゃが我儘を言っている、和紗にとってはそれだけの認識だ。

そのことが、悲しかった。

「俺は、あなたの、おもちゃですか？」

虚《うつ》ろな目をしたまま、希は尋ねた。

「………俺の言葉は、聞いてもらえないんですか………？」

無気力な、かすれた希の問いかけに、けれど和紗は何も答えてくれなかった。

沈黙は冷ややかで、希には肯定の返事としか思えない。

絶望的な思いに、目を閉じるとまた涙が零れた。


それから一週間、何度屋敷から逃走を図ったか、希は自分でも分からなくなっていた。

和紗の傍から逃げたいという希の思いは日に日に強くなった。

彼に心惹かれながら、彼から離れたい。

ホテルで陵辱を受け、和紗の中の自分の立場を思い知らされてからはなおさらだ。

一番遠くに行けたのはこの屋敷がある街の駅の付近だった。

足を引いている怪我人がそちらに行くはずだと香坂に先手を打たれ、駅員に保護されてしまったのだ。見張りも次第に強化されて、部屋から一歩も出られない日もあった。逃走がばれると、和紗にはその度に折檻のような情交を強いられて、希は一週間であっという間に疲弊してしまった。

絵を描く気力さえ、一欠片も残されていなかった。

香坂にはもう逃げるのは諦めたほうがいいと諭されたが、希はただ無言でいた。

体が弱ると、心も確実に蝕《むしば》まれていく。

一週間頑張っても駄目なら、多分この先、一生どうにもならない。

体より先に、心が壊れてしまうだろう。

希はそう考えていた。だからその日、希は和紗がいる屋敷の二階に上がった。

ノックもせずに、和紗が仕事部屋として使っている部屋の扉を開ける。天井まで届くような大きな書架に囲まれて、和紗は大窓の前に置かれたデスクについていた。分厚い洋書を開いている。相当な読書家で、勉強家だと改めて知れた。

「ノックをする作法は、誰かに習わなかったか」

和紗は希の手元をちらっと見たようだ。

希が柳刃包丁を手にしていることに気付いても、少しも動じた気配は見せなかった。

刃物は刃物でも、二人が対峙《たいじ》した初日に希が振りかざした小刀とは違う。和紗と体格差があっても、希も本気でかかれば彼に一太刀でも傷をつけることが出来るだろう。

「生まれてからずっとこの屋敷で育ったけど、二階に上がるのはこの前が初めてです。父の時代には、この部屋には入ったこともありませんでした」

「そうか」

部屋にはかすかに煙草《たばこ》の匂いがした。

希の父親は煙草を吸わなかったから、多分和紗が吸うのだろう。そんなことは、今まで気付かなかった。もしかしたら、気管支が弱い希を慮《おもんぱか》って、希の前では吸わなかったのだろうか。

優しさと、激しい憎悪。正反対の感情を共存させる、不思議な人。

その危うさに希はどうしようもなく惹かれ、憧れる。けれど今、こうしてこんなに傍にいても、彼との距離は途方もなく遠く感じられる。初めての恋なのに、そこにはときめきや甘さはごく少なくて、恋が幸福なばかりのものではないのだと希は思い知らされた。

「俺を、この屋敷から出して下さい」

書架を仰いで、それから希は和紗を真正面から見据えた。

小刀で和紗を襲った時とは違う。柳刃の切っ先は真っ直ぐ希の喉元に向けられていた。

「俺を今すぐこの屋敷から出すか、死ねと命じるか、どちらかを選んで下さい」

「人が怪我をするのは俺は好かん。究極の選択だとしたら、お前をこの屋敷から出すしかないな」

返答はすぐに返ってきた。初日と同じく、刃物を取った希の決意に、和紗も並々ならぬものを感じているのだ。

「お前にとって、俺に隷属することは、死ぬのと同じくらいつらいことなのか？」

「隷属することはつらくありません。俺はずっと、そうやって育って生きてきたから。だけど、俺はもうこのままずっと、あなたの傍にはいたくないんです」

希は拙《つたな》い言葉ながら、必死で和紗に自分の気持ちを伝えた。

何かが間違ってはいないだろうか。必死になるあまりに、自分はまた過ちを犯してはいないだろうか。

「あなたに、父がしたことを、俺の不注意を許してほしいとは言えません。償わせてほしいと心から思っています。だけど、俺は憎むことにも、憎まれることにも、もう疲れました。あなたの傍にいることにはもう……耐えられません」

「じゃあ、どんな方法で俺の憤懣《ふんまん》を晴らしてくれるっていうんだ？」

「外の世界で、死ぬほど苦労します。死ぬほど働いて、ほんの僅《わず》かずつでも、……一生かかって間に合わなくても、この家の負債を返済させて下さい」

「都合のいい話だな」

「すみません」

あなたの傍にいられないことが何よりもつらい、本当は憎まれても傍にいたいのだと、希は言わなかった。

いつか捨てられるその直前まで、本当は和紗の傍にいたい。その思いは切実だ。けれど、今は和紗への償いを最優先させるべきだった。和紗も多分、今は憎しみに囚われて、がんじがらめになっている。彼のためにも、希がこの屋敷から姿を消すのが一番いい方法なのだ。

「外に出たら、文字どおり死ぬほど苦労するぞ。俺の傍にいたほうがまだよかったと思うかもしれない」

「構いません。お願いします」

希は刃物を持ったまま膝を折った。一番最初に出会った時に、この男に頭を下げるようなことだけはしなくないと、思っていた。

けれど自分が行くべき道を見極めた今なら、なんでも出来る。

土下座することになんの躊躇いもなかった。希の矜持《きょうじ》を賭けて始まった関係で、希は今、それを完璧に放棄した。

和紗は肘掛に頬杖をついて、しばらく顔を伏せていた。長い沈黙があった。

希の意志は決して覆らないと、悟ったのかもしれない。

「………分かった。好きにするといい」

どこか覇気に欠ける、疲れたような声音《こわね》だった。

希の頑なさに呆れたのかもしれない。

同じことばかり、聞き分けなく繰り返す壊れたおもちゃにはもう、面白味を感じないのかもしれない。

「ただし、これからの住まいと仕事は俺が紹介する」

万年筆を取ると、メモ用紙に何か短く書き記す。それを希に手渡した。中京区《なかぎょうく》にある古美術商の名前が記されている。

「一番最初に連れて行った日本画の展覧会で、俺に話しかけて来た爺さんを覚えてるか。俺は翁《おきな》と呼んでいる」

香坂の祖父のことだ。希は無言で頷いた。

「俺が十五歳の時に身柄を引き取ってくれて、以来色々と世話になった恩人だ。今は引退して、趣味で古美術を扱う店を開いてる。美術界にも顔が広い」

きい、と音を立てて、椅子を反転させる。

「翁にお前が描いた絵を何枚か見せたことがある。翁はそれを見て、お前を専門の学校に通わせるか、きちんと指導者をつけるかするように何度も言ってた」

自分の申し出を断って、希を外に出そうとしない。

確かに、あの展覧会で翁はそんなことを言っていたように思う。

「翁は喜んでお前の身柄を引き受けてくれるだろう。新しい生活の手筈《てはず》も、全部整えてくれるはずだ。多分、何もかもお前が一番いいようになるだろう」

「俺は……出来たら、和紗さんに頼りたくありません」

和紗に頼るのでは、意味がない。希は和紗から独立して、自分の力で彼に償いたいのだ。

けれど、和紗は厳しい顔で希を見据える。

「気持ちは分かるが、今のお前じゃ自力で仕事を見つけることは出来ない。社会経験もないし、足が悪くてあまり丈夫じゃないことに気付かれたら、一日限りの日雇いの仕事でも断られる。体を売るような真似を教えたのは俺だが、それを外でやられるのは寝覚めが悪い」

それを言われると希にも返す言葉がない。

「だから、生きていくために最低限のことは俺が用意してやる。用意するだけだ。後は自分で努力しろ」

「はい……」

「それから、絵を描くことはやめるな。これからも絶対に描き続けろ」

和紗は意外な言葉を口にした。

「…………え？」

「俺は、お前が絵を描いてるところを見るのが好きだった」

希は当惑して彼の顔を見詰めている。

「最初の頃、青い顔をして無表情でいたお前が、刃物を持ち出す激しさを見せた時も、本当は刺されてやってもいいと思うくらい、意外で嬉しかった。そのまま少しずつ、警戒心を解いて無邪気に色んな感情を露《あらわ》にするのが——俺に抱かれて嫌がって泣いているのを見るのさえ、嬉しかった」

「…………」

「だけど俺は、お前はもういらない。復讐のことも、もう忘れよう。こんなふうに平気で土下座する相手を屈服させても面白くもなんともないからな」

素っ気ない口調でそう言って、決別を告げる。

「……もう、出て行くといい」

それから引き出しを開けると、小切手帳を取り出しさらりと高額を書き付ける。それを希に差し出した。手切れ金か、この屋敷を出た後の当面の希の生活費ということだろう。

希はその指先を見詰める。あの時と同じ。一番最初の「賭け」の時と同じだ。

一万円を渡されて、あの時、希はこんなものはいらないと和紗を突っ撥ねた。あなたの力など絶対に借りないと、和紗のことを憎らしい敵だと全身全霊で拒絶した。

けれど、今は分かっている。これが和紗の優しさであることを。

「いただきます」

そう言って、希は小切手を受け取った。

「――もう会うことはないかもしれないけど」

和紗の手のひらがそっと、希の頬に触れた。そこから温かい何かが流れ込むような気がした。

彼の瞳を見上げ、希は唐突に思った。やっぱり嫌だ。やっぱり、どんなに憎まれても、あなたの傍を離れたくない。そんなふうにせがんだらどうなるだろう。

馬鹿な奴だと笑って、この人は希を引き止めてくれるだろうか。

そんな空想に囚われる。

けれどそれは一瞬のことで、希はすぐに和紗の傍を離れた。

決意を簡単に覆す、いい加減で簡単な人間だと彼に決して思われたくなかった。

「元気でいろ」

はい、と希は答えた。

「今まで、ありがとうございました」

扉の前で、手渡された小切手を大切に胸に持ち、深々と頭を下げた。和紗は腕を組み、窓の外を見ていた。

階下に下りると、香坂が希を待っていた。

希の顔を見ても、思慮深い表情のまま言葉をかけない。階上で何が起こったかだいたいは想像がついていたようだ。

香坂の顔を見るなり、それまでの緊張が途切れる。

どうしても涙が止められなくなって、彼に抱き止められるままに体を預けた。

和紗の元を離れる。自分で決めたはずなのに、寂しくて、切なくて頭がおかしくなりそうだった。

「この屋敷を出て行くつもりなのか？」

問われて、希は頷いた。

「あいつは、いいって言ったのか？」

もう一度頷くと、香坂は溜息をついて前髪をかき上げた。

「そうか」

「許されたんじゃないって分かってます。和紗さんは俺のことは絶対に許してくれない。一生、許してくれない……」

「……どうしてそう思う？」

「家族がないつらさは俺だって知ってます。だけど俺は、家族を誰かに奪われたわけじゃないです。そんな理不尽な目に遭ったわけじゃない」

いないものとして放置されることもとてもつらいが、幼い身で愛する家族を奪われた和紗はどんなにつらかっただろうか。

どんなに父や朝比奈家が憎かっただろう。

それが分かっているのに、どうしても、どうしても希は和紗のことが好きなのだ。

こんなにもこんがらがった感情がいつか真っ直ぐに繋がって、お互いを温め合ったり、笑い合ったり、そんなふうにはきっとなれないと思う。

「俺、和紗さんの、ことが好きなんです」

好き、と口にするだけで胸がきりきりと、張り裂けてしまいそうなくらい痛い。

この不自由な足を引きずりながら、それでも今すぐ駆けだして、和紗の傍に帰りたい。

自分の中に、こんな激情があることを、希は知らなかった。

「ずっと好きで、本当は、どんなに憎まれても離れたくないです」

「あいつにそう言えばいいのに」

希は激しくかぶりを振った。受け入れられないと分かっている言葉を口に出来るほど、希はまだ強くはなれない。

「俺には、ただ君が泣くのがつらいよ」

いつもは飄々とした男が、本当に痛ましそうな顔をする。

「だけど君がそんなふうに混乱して、傍にいることが悲しいって泣くなら、離れてみることも、正解なのかもしれないな」

泣く胸を貸してくれた人に、希は顔を上げて笑いかけた。

「もう、行きます。俺はもう、ここにはいられないから」

希は涙を拭って、顔を上げた。

最後に香坂には、前向きでいる元気な笑顔で別れを告げたかった。

希は階段の下に置いていた荷物を取り上げた。身の回りの必要最低限のものを詰めた、小さな旅行鞄だ。和紗が希を解放してくれることは薄々ながら分かっていたので、あらかじめ用意しておいた。

香坂はスーツの胸元から車のキイを取り出した。

「車を出そう。祖父《じい》さんのところに行くんだろう？」

「いいえ、駅まで歩いて行きます。道は分かりますから」

希は静かに、けれどきっぱりと香坂を拒絶した。歩いて行こう。

大丈夫だ。たとえたくさんの傷があっても、どんなに遅くても。希はちゃんと、自分で歩くことが出来るのだ。

「あ、降ってきた」

目の前を白い欠片が過ぎり、商店街を駆け足で走っていた希はひゃあ、と呟いた。胸の前で手を擦り合わせる。

今朝から冷えるとは思っていたが、確かにもう十二月も半ばだ。

冷たい雫《しずく》は半濁している。びしゃびしゃと重たげに落ちてくる霙《みぞれ》だった。

希は紺色のダッフルコートに、赤いマフラーを巻いている。マフラーは希が初めてもらった給料で買ったものだ。安物だが、生まれて初めて自分の力で手に入れたものだった。肩から提げている大きな製図用の鞄には、画材とスケッチブック、学校の課題が入っている。

日々は信じられないくらい慌ただしく過ぎていく。朝比奈の屋敷を出てもう一ヶ月近くが過ぎている。希は日常に必死で馴染んだ。

和紗が紹介してくれた翁は、希の生活を全面的に援助してくれている。住む場所を与えてくれて、推薦書を書いて冬期生として美術の専門校に入学させてくれた。費用は翁から借金している。翁はそれを「将来確実に出世する画家への先行投資」だと言い切る。

つまり、希は何がなんでも職業的に画家として成功して、翁に恩を返さねばならないというわけだ。今は、週五日学校に通って、その後は翁の店で店番のアルバイトをする。帰宅したら朝方まで課題をこなす。

金銭的に決して余裕のある生活ではない。同じ年頃の、真っ当に育ってきた他の生徒たちとのやりとりや、勉強にも仕事にも慣れないことばかりで、希はいつも戸惑ってばかりだ。つらいことも、恥ずかしいこともたくさんある。

知る人が知れば、これが名家と言われた朝比奈家の末路かと失笑されるかもしれない。

それでももう、希は一向に構わなかった。

「こんにちは、遅くなってすみません。授業が長引いてしまって」

希はガラスが嵌《は》まった引き戸を開いた。燻《いぶ》した木材が使われた店は小ぶりだが、実に渋い佇《たたず》まいで、靴を脱いで一段上がった座敷には囲炉裏まで造られている。板張りの壁に商品である絵画がガラスケースに入れられて飾られているが、希のような半人前でも一目見たら道楽商売と分かるくらい、趣味が偏っている。

店主である翁はいつも、囲炉裏の前の座布団に座って、長々と煙管《きせる》をふかしている。

店にいるときは一日中そこに座ったまま、お茶を飲んだり、訪れる知人を相手に長話をしている。商品の管理や接客はアルバイトの仕事だ。

室内があまりにも寒いので、見ればストーブの電源が切れていた。

「翁、寒くないですか？　外は霙が降ってますよ」

「灯油が切れたんじゃ。自分で入れようと思うたんじゃが、あの自動のモーターが上手く使えんでの」

翁は、悲しげに背中を丸めている。タンクから灯油を汲《く》み上げるポンプは、電動式で簡単便利に操作出来るが、老人には扱いが難しいらしい。

翁は和紗や香坂に対しては横暴で、往年の精力的な働きを思わせる矍鑠《かくしゃく》とした人かと思えたが、希にはとてもおっとりと接してくれ、優しい。これでも店の外には黒いスーツを着た護衛がさり気なく警護についている経済界の重鎮なのだ。

「すぐに入れますね。待ってて下さい」

「それから熱い茶が飲みたいのう」

希ははい、と答えてばたばたと立ち働く。

この店にはもう一人、希と交代で入る店番のパートさんがいる。五十代の物静かで親切な女性で、希に接客から翁の世話のすべてを教えてくれた。この店のことなら、希ももうだいたいのことは出来るようになっている。

「霙が降っとるなら今日はもう客も来んだろう。どれ、早めに店じまいして何か美味いもんでも食いに連れて行ってやろうか」

「駄目です。天気が悪い日だから却って閉めたら駄目ですよ。せっかくお客さんがいらっしゃってお店が閉まってたらがっかりします」

希はてきぱきと翁を諌《いさ》め、出入り口に防水用のマットを敷く。それから傘立てと、客が来たときのための清潔なタオルも用意しておく。すぐに暖まってもらえるように、ストーブの出力は一番強くしておこう。

右足の傷の痛みはリハビリを始めてからずっと軽くなっている。

専門の病院に通い、ウエイトを着けての歩行訓練は最初は脂汗をかくほどの痛みがあった。庇い続けた右足の筋力はすっかり衰えてしまっていて、何度も転んだ。それでも希は一切泣き言を言わず、療法士は我慢強いと褒めてくれた。

その時、引き戸がからりと開いたから、希は、ほら、お客さんだと振り返った。

「いらっしゃいま――」

それから希はぱっと笑顔になる。

「香坂さん！」

「久しぶり。仕事で近くまで来たんで寄らせてもらったよ。はい、これ土産《みやげ》の和菓子。祖父さんに出してやってくれよ」

スーツについた雫を払いながら店舗に入って来たのは香坂だった。希はタオルを手に取り、ぴょんと彼に飛びつく。屋敷を出てからも、香坂は希のことを気にかけてたびたび訪れてくれるのだ。

しかし翁は香坂を認めるなりむっと眉を顰めて、囲炉裏の方にそっぽ向いてしまう。

「ふん。不肖の孫め。何しに来よったんじゃ。希がおるから、お前や和紗がおらんでもなんでもどうとでもなるわ」

香坂と希は顔を見合わせて笑い合う。本当は孫が来て嬉しいに違いないのだ。

香坂は翁は和紗が気に入っている、と話していたけど、翁は香坂のことだって相当可愛がっている。お茶を飲むたびに、和紗と香坂の昔話をあれこれと話して聞かせてくれる。

「そうだ、希くん、祖父さんから頑張ってるって聞いたよ。学校の月間賞を獲ったんだって？　大したもんだ」

囲炉裏にかけていた古びた鉄瓶で二人のお茶を淹《い》れながら、希は顔が赤くなるのを感じた。

専門学校が月に一度、生徒の作品に三席まで順位を決めるのだ。スパルタ式の競争世界で、該当者なしの月が続くことも多いそうで、初参加だった希が賞を獲ったのは本当に快挙らしい。

モチーフは夜の月とジャスミンにした。

アパートの小さなベランダで育てているジャスミンが、満月を見上げる様子を何か一つの物語でもあるように絵に描いてみた。屋敷にはもう戻れないと分かっている今、他の対象物や風景画にも挑戦しているが、やはり希が得意な絵のモチーフは花だ。

「やっぱり、専門学校に通ったのは正解だったね。生き生きしてるし、本当に楽しそうだ」

「楽しいです。難しいこともたくさんあるけど、やっぱりすごく楽しい」

絵を描き続けろと言ったのは和紗だ。その言葉に、希は深く感謝している。

改めて思う。希は絵を描くことが、本当に好きだ。

自分が成長していくこと、誰かに認められることは、本当に楽しく嬉しかった。

「はい、お茶入りました。雁ヶ音《かりがね》でよかったですよね。あ、香坂さん、お持たせいただいていいですか？　翁、ここのお菓子大好きですよね」

「ああ、いただこう。だが後で構わんよ。店番もあるし、木下《きのした》さんから言われてる仕事もあるんじゃろう」

木下さんはもう一人のパートの女性だ。希は翁の言葉に甘えて、いつもの自分の仕事を始めた。

座敷の隅で、大きなダンボールを開く。その中にぎっしりと詰められた絵画の分類をしているのだ。

茶を飲み終えた香坂は、希の傍にやって来て、胡坐《あぐら》をかく。何故か溜息をついた。

「祖父さんは君にめろめろだなあ。なんだあれ、いい年してやに下がってみっともない」

「香坂さんがあまり来てくれないから寂しがっていらっしゃるんですよ」

「いいや。あの分じゃ、もう君しか目に入ってないよ。昔から賢くて一生懸命で、綺麗な顔をした子には目がないんだ」

それから希が整理しているダンボールの中身に目を留める。

「この絵は？　すごい量だな」

「翁が収集されてた絵です。通いのパートさんは、どう扱ったらいいか困ってらしたので俺が整理をさせてもらうことにしたんです」

「働き者だなあ。仕事なんか時給程度に適当にやってればいいんだよ」

「俺なんかまだまだ役立たずですから。もっともっと頑張らないと」

一枚を取り上げ、室内の明かりに晒す。恐らく、美大生のようなセミプロが描いたものだ。翁の収集はまったく玉石混淆で、集めたものは適当にこの段ボール箱に突っ込んでいたらしい。金銭的に価値がないようなものが入っているかと思うと、よくよく落款を見れば、日本画の大家の作品だったりするので気が抜けない。

処分するものは、後でまとめて専門家にきちんと見てもらわなければならないだろう。

「時々子供が描いたみたいな落がきも混じってるんです。収集の途中で混じってしまったみたいなんですけど」

「ああ、祖父さんが引き取ってた子たちが描いたものじゃないかな。祖父さんも美術品が好きだし、情操教育みたいな意味で子供たちに絵を描かせてたんだ」

「そうなんだ。でもいい方法ですよね。絵を描かせたら、その子が何を考えてるか、何を悩んでるかすぐに分かるもの」

また一枚、絵を取り出して希はそれを眺める。キュビズムの影響を受けたような暗色を使った抽象画かと思った。しかしよく見れば、夜の知恩院《ちおんいん》の一角を描いた風景画であるらしい。

「絵は不思議です。同じ景色でも、本当は一人一人見えてるものが違うんだって思わされる。多分、俺がこの街に立って絵を描いたとしても、まったく違う絵が出来上がりますよね。だって俺は、これを描いた人とは全然違う感情を持ってるから」

ただ景色を記録しておきたいだけなら、カメラでフィルムに焼き付けたほうが遥かに正確で簡単だ。

だけど、筆を持つ以上はそれでは済まない。五感すべてで感じたものを紙の上に表すのだ。一つ一つの感性を研ぎ澄ませて、音や匂い、触感まですべて筆と絵の具だけで表していく。困難に思えるけれど、希には楽しい。

そして希が五感を総動員させて得た心の震えを、他の誰かに共有してもらう。一枚の絵で心が繋がる。それはなんて素敵なことなんだろうか。

「いい顔をするようになったな」

ダンボールの荷物と格闘する希を眺めていた香坂は、感慨深げにそう呟いた。

希は目だけを上げて彼の表情を窺う。香坂は懐かしいような顔をしていた。

「初めて君を見たとき、人形が座ってるのかと思ったくらいだったよ。ぞっとするほど綺麗で、肌が真っ白だった。生気がなくて、表情が俺には少しも読めなかった。和紗の前で小刀を取り出した時はまさに隙《すき》を突かれたって感じだったね」

和紗も同じようなことを言っていた。無謀で愚かな振る舞いを思い出すと、今でも赤面してしまう。

けれど思えばあれが、希が隔離されていた世界からこの現実世界へ足を踏み出した第一歩だったのだ。

「俺はもっと、色んなことが知りたいです。色んな感情が知りたい」

離れに閉じ籠《こも》っていた時とはもう違う。外の世界がどんなに魅力的か、自分の感情を丁寧にすくいとることがどんなに楽しいか、希はもう知ってしまった。

「もっと色んなことが描きたいんです。もっと色んな場所や物を知りたいです」

「今からもっと頑張ればいい。君はこれから、いくらでも綺麗なものを見ることが出来るよ」

「そうでしょうか」

「そうだよ」

もう一度そうかな、と呟くと香坂はそうだよ、と繰り返した。

「確かに君は言葉の少ない場所で育って来たかもしれない。だけど君は多分、感受性の低い人間じゃない。誰に見せるわけでもないのに、それでも絵を描き続けていたのは、寧《むし》ろ人より遥かに感じやすい証だろう。君が知ってる世界はまだ小さいかもしれないけど、君は他の人間が持たない目を持ってる。同じ場所に立っても、俺たちが気付かない、びっくりするような視点で物を見てる」

希の絵を初めて見たときからそう思ったと、香坂は語った。

広縁に立って同じ庭を眺めているはずなのに、希が描くデッサンはきらきらと輝いてとても魅力があった。そこには、庭と花を愛しむ希の愛情と、そして自分の感情を黙殺したくないという密かな情熱が溢れていたからだ。

「そう思うと、絵画は素晴らしいね。君にしか見えない世界を、いつか絵に表して見せてもらえるんだと思うと楽しみだよ。俺も、祖父さんも、和紗もとても楽しみにしてるよ」

和紗の名前が出た途端、不意に胸を激しい痛みが襲う。

狼狽して、指が震えて、心が千々に乱れて手に負えなくなる。

恋のことは、忘れているつもりだった。

普段は自分の気持ちを忘れたふりをしている。今は生活の基盤を固めるだけで精一杯で、和紗への償いを終えるにはまだまだ時間がかかる。

それなのに彼のことを想うと、いつもまた、同じ場所に同じ深さの傷が出来る。

立ち尽くして、途方に暮れて、どうしていいか分からなくなる。

「和紗さんは、どうされてるんですか?」

努めて平静を装ったから、香坂もそれに応《こた》えてくれる。

「相変わらず、忙しくしてるよ。祖父さんがあれこれ提案する事業を、実行して結果を待ってそれを分析してまた指示を下す。適当に流しておけばいいのに、全部きっちりやらないと気が済まない。見た目の割りに損する性分なんだ」

そうか。本当に忙しいいんだ。

だから、希とは少しも顔を合わせないのは当たり前なんだ。香坂は時々こうして希の様子を見に来てくれるのに、和紗は一度たりともこの店に来たことがない。翁との打ち合わせにも、市内のホテルやレストランを使っているらしい。

故意に希のことを避けているのではなく、元・愛人のことなんてもう気にも留めていないのかもしれない。

話を聞いていた翁は、希が淹れた熱いお茶に口をつけ、満足そうに吐息する。

「そういえば、あいつがわしのところにやって来たのも、こんな霙雨の日じゃったな」

翁は手のひらに古伊万里《こいまり》の湯飲みを包み込み、木製の格子窓を見やった。希がこの店に来る時に降り始めた霙雨は、いっそう雨足の激しさを増し、地上を打つばたばたという音が重たげに聞こえている。

「真冬の最中に薄汚いセーター一枚で上着も持っておらなんだ。寒かろうと尋ねても一切口をきかん。周りにいる人間の誰もが自分の敵だと思っとる、前の戦争が終わった直後に、あんな目をした子供をよく見かけたもんじゃ」

ぽん、と煙管で囲炉裏の縁を叩いて灰を落とす。

「ちびのがりがりで、目ばっかり大きいて色も白い。名前からして最初は間違って女子《おなご》を引き取ったかと思とった。儂《わし》は荒くれた坊主を手元にたくさん引き取って育ててたでな、あのなりでどうやって生き残るかと内心心配しておったが、見た目と裏腹とはあのことじゃ。あいつは恐ろしく頭がよかった。度胸もあった」

学校の成績は常にトップクラスで、仕事を手伝わせると並の大人よりも勘がいい。翁は、コンピュータや経営経済の専門家を家庭教師に呼んでやり、和紗に徹底した教育を受けさせた。

翁が面倒を見る他の少年たちには特別扱いをやっかんで、性質の悪い手出しをしてくる者もいたようだが、和紗は自力でそれを撥ね除け、いつしか完全に制圧するようになった。

ますます和紗のことを面白がった翁は、ある日、高校生だった和紗にまとまった金額の金を手渡した。子供が扱うには過分な金額だ。

それを一週間で十倍にしてみろ。そうしたらお前が二十歳になる頃には、やりたいと思う仕事に就かせてやる。翁や東の側近になるもいいし、会社一つを任せてやってもいい。お前が腹に抱えている復讐にも必ず手を貸してやろう。

和紗はたった三日で、金を二十倍にして返してきた。

コンピュータを介し、証券取引を利用したらしい。

投資については財政の専門家から教授を受けていたし、いつか敵《かたき》と相対するときに備えて、独学で様々な商取引のシミュレーションを繰り返してもいたのだろう。

そして和紗は、翁が経済界でいかに重要な立場にあるかを見極めていた。翁の周囲には、常に利用価値のある情報が行き来している。

和紗は子供そのものの邪心のない表情で翁の傍にいて、さり気なく、しかし抜け目なく、自分の取引に必要な情報を手に入れていた。少女のように愛くるしい容姿の和紗を警戒する大人はいなかった。ともすれば負荷になりかねない容貌を和紗は逆手に取り、巧みに利用していたのだ。

「まったく、儂を利用するとは今思い返してもとんでもないガキじゃったわ」

「でも途中から背が伸びて、骨格もしっかりしてきてその手は使えなくなったってぼやいてたよ。一年ごとに十センチくらい背が伸びたらしい。ちび助って名前だけが残ったんだよな」

香坂も懐かしそうに笑う。

色が白くて、目が大きくて。女の子と見紛《みまが》うような可愛い顔で、激しく攻撃的な子。

希も知ってる。

あの子はまだ、和紗の中にいるのだろうか。そうしていつ、どんなふうに、誰に癒されるのだろう。

それが希でないことは、今は確かだ。

希はダンボールの奥を探り、中身を分類する作業を続ける。そしてふと手を止めた。色んなものがごっちゃに放り込まれているダンボールだが、底の方に丸められて輪ゴムで留めた画用紙が出てきたのだ。

翁はそれを認めるなり、皺《しわ》だらけの手を打って大笑いし始めた。

「おお、懐かしいものが出てきよった。これも噂《うわさ》をすれば影かもしれんの」

香坂もおやと目を瞠《みは》った。

「俺も覚えてるよ。へえ、そんなのまだ取ってあったんだ。あいつが見たら怒るだろうな」

「大切なものなんですか？　これ、普通の画用紙でしょう、きちんと保存ケースに入れないと傷みますよ」

輪ゴムから抜いて、丁寧に画用紙を開いて希は言葉を失った。翁は茶を一口飲んで、呵々《かか》と笑った。

「下手くそでびっくりしたか。どうしても空を描くと言って聞かんでな。どこから持ってきたのか知らんが、青い色鉛筆で夢中で絵を描いとった。しかしあいつはどうにも下手くそで、それ以降画用紙には向かわんようになったな」

希は指が震えるのを感じた。

まさか——まさか、そんなはずない。

その絵には青空が描かれていた。青い色鉛筆を夢中で擦り付けたような、少しも上手な絵ではなかった。けれど、雲ひとつない、澄みきった青い空だ。

そこには確かに感情が流れている。この青を誰かに伝えたいという、真剣で懸命な気持ちだ。

「それは和紗が高校くらいの時に描いたものだよ。さっき言った、祖父さん家の情操教育の

時間にね。他の教科の成績は抜群だったけど、音楽と美術は最低だったよなあ」

じっと絵を見詰めている希に、香坂が言葉を添えてくれる。

和紗が朝比奈の屋敷に忍び込んだのは十六歳の時だと言っていた。もう間違いがない。これは、この青い色鉛筆は、希が和紗にあげたものだ。

――それ、あげる。空の色だから。

希はそう言って、あの子に色鉛筆を手渡したのだ。「あの子」は当然、青い色鉛筆などどこかに捨ててしまったのだろうと、希はそう思っていた。「あの子」の正体が分かってから、なおさらそれを尋ねることさえしなかった。

希は立ち上がった。希望と焦燥に目が眩《くら》みそうだった。

もしかしたら何かの間違いかもしれない。そんな都合のいい話があるかと、彼にはまた、突き放されるかもしれない。

また傷つくかもしれない。だけど一縷《いちる》の望みがここにあるなら、恐れてはいけない。

希は行かなくてはならない。彼に、どうしても尋ねなければならないことがある。

「すみません、俺、少し出かけます」

座敷を下り、靴を履く希に翁は嬉しそうに手を叩いた。

「おお食事に行くか。東、『満善《ますぜん》』に行くぞ。連絡して河豚《ふぐ》の用意をさせろ」

「ああ、いいな。希くん、鰭《ひれ》酒飲もうよ。この季節に最高だよ」

希は大慌てで手を振って、すぐに店をサボろうとする二人を制した。

「いいえ、駄目です。お店をサボったら駄目です！　そうだ、香坂さん！」

びしりと香坂を見据えて、お願いしますと口走った。

「香坂さん、店番――、店番をお願いします」

それだけ言って、希は駆けだすように店を飛び出した。


電車を下り、駅から、朝比奈の屋敷がある街を、希はただひたすら走った。

途中で何度も転びそうになって、足を引きずって、それでも希は走り続けた。

霙は容赦なく希を打った。

雨ばかり。出会ったときも、触れ合うときも、いつもいつも二人の間には雨ばかり降っている。

冠木門《かぶきもん》を越えて広い前庭をひた走る。しかし母屋の玄関先で、勝手に中に入っていいかどうか迷った。ここはもう、希が出入りしていい場所ではない。ここから出たいと言ったのは希なのだ。それでも迷う時間さえ惜しい気がして、希は茶室を大きく迂回《うかい》して庭園に入る。

庭園には、希がこの屋敷に住んでいたときに咲いていた秋桜から、寒気に強い種類の薔薇に植え替えられている。

広縁を女中の誰かが通りかからないかと見回したが、人影はなかった。

どうしよう。よく考えたら、香坂は仕事の途中にたまたま翁の店に立ち寄ってくれたけど、和紗はまだ仕事の時間ではないだろうか。屋敷ではなくて、「朝ひな」か「ハイブリット・ファイナンス」の社屋にいるんじゃないだろうか。

どうして、こうも自分は要領が悪いのかと地団太を踏みたい気持ちだった。

けれど、その場に立ち尽くしていた希は、視線を巡らせて息を呑んだ。

そこに長身の背中を見つけたからだ。

和紗はシャベルを手に、自ら庭園の手入れをしていた。霙が降って溶けた水が少しずつ溜まって押し流されてくる泥を、ざくざくと手際よくシャベルですくっては、水路を作っていく。力と体格の違いもあるだろうが、希とは段違いの要領のよさだ。

びしょ濡れで、ネクタイの先端を後ろに回し、シャツの袖を肘《ひじ》まで捲り上げている。

その姿を見るだけで、切なさに胸がいっぱいになる。この恋しさをどうやっても抑えきれないと思い知らされてしまう。

和紗は髪から滴り落ちてくる水滴を鬱陶しげに拭う。やがて、希の気配に気付いたらしい。ゆっくりとこちらを振り返った。

「……なんて格好してるんだ」

そう言われて、改めて気付いた。大慌てで翁の店を飛び出して来たので、コートを着るのを忘れていたのだ。雨の中で二人は見詰め合っていた。

「何を、してるんですか」

「見れば分かるだろ。水を抜いてるんだ。ここのところ雨が続いてたのに、業者を呼ぶのが遅れた」

和紗はバツが悪そうに目を逸らした。たまたま仕事から早く帰って来たら、庭が水浸しになっているのに気付いたそうだ。

「土が冷えて水通りが悪くなるらしい。今日はこれからまだ雨足が強くなるらしいから、先に水路を作ってるんだ」

「……どうして？　そんな、こんなに寒いのにわざわざ雨に濡れてまで」

「ここの花が枯れたら、また、お前が泣くだろう」

素っ気ない言葉には、突き放すような冷たさはなかった。

「でも、和紗さんはもう、出て行けばいいって俺に言ったじゃないですか。庭に水が溜まろうが、花が腐ろうがそんなの、もうどうだっていいじゃないですか」

「そう言ってももしかしたら、いつか帰って来るかもしれないっていう希望を持つくらい……構わないだろ」

「わけが分からないです。なんで、いつも、いつもそんな……、人を突き放しておいて後で優しくするんですか」

この人はいつもそうだ。出会った時からそうだった。

一番大切なことは、絶対に話してくれない。

「翁のお店で、和紗さんが描いた絵を見ました」

そう告げると、和紗が、背中を強張らせた気がする。その反応に勇気付けられて、希は一歩、前に出た。

「あれは、俺があげた色鉛筆でしょう？　あの青い、色鉛筆でしょう？」

「…………」

「……あの空は、俺のために描いてくれたんでしょう？　離れに一人でいた俺が、空が晴れるのを待ってるって言ったから」

シャベルをざくりと地面に突き刺して、和紗は取っ手から手を離した。

振り返って、真正面から希と対峙する。

「俺が仕事部屋に使っている部屋の机の引き出しの奥に、小さくなった色鉛筆が入ってる。青い色鉛筆だ。東も知らないことだ」

確かにあの絵は自分が描いたものだと、和紗は認めた。再びシャベルに足をかけ、土が掘り起こされた。勢いよく土が放り投げられる。

「悪かったな。自分勝手で、わけの分からん男で。俺は香坂みたいに口も上手くないし、絵のことが分かるわけじゃない。お前の気持ちもきちんと汲み取ってやれない」

「…………」

「これは全部、お前のものだ」

屋敷と庭園を見回す。

「全部、お前のものだ。最初からお前に渡してやりたくて手に入れた。会社も屋敷も、朝比奈の名前も。それが全部そのまま、お前の手に渡るんじゃなければ、俺がやったことなんか何一つ意味がないんだ」

「どうして？　だって、和紗さんは俺のこと、憎んでたんでしょう？」

「お前を、憎いと思ったことなんか、一度もない。憎んでいると言わないと、お前が離れていくと思ったからそう言っただけだ」

不可解な言葉に希は当惑する。和紗の黒髪を伝って、透明な雫がまた、一粒落ちた。

「俺はお前の一族を潰した人間だ。俺が、朝比奈家を憎んでるのも本当だ」

和紗の両親は、工房の冷たい土間で、首をくくって死んだのだ。

希の父親を、病院のベッドの上で往生させたことを和紗は今でも後悔してると言った。

「どうしても、許せない。十年前、俺がお前に初めて会ったあの日も、俺はお前の父親を殺してやるつもりだった。お前が俺に刃物を向けた時の比じゃない。俺は本気であの男を殺すつもりだったんだ」

偶然、離れにいた希に会わなければ。

空色の色鉛筆を手渡されなければ。本当に、彼は希の父親を刺していたのだ。

「翁のところに世話になるようになって、お前が屋敷に閉じ込められてることを知った。本当にろくでもない家だって思った。過去の遺産に頼りきって、老舗だ名家だって達者なのは態度だけだ。業績も、下がる一方の醜態を晒しやがる。一刻も早く息の根を止めてやる。あいつが下賤の小商いだって罵《のの》しった家の出の俺が、朝比奈の全部を手に入れる。あの男に吠《ほ》え面《づら》をかかせてやる」

そうやって、その野心だけで和紗は成り上がってきたのだ。

朝比奈を潰して、そうして屋敷で飼い殺しにされている希を救ってやりたい。

母屋から遠ざけられ、青空を見たいと、そんなささやかな願いさえ遠慮がちに口にする。

偶然出会った子供を、必ず助けてやりたいと和紗は思っていたのだ。

けれど、希は和紗のそんな意図に気付かなかった。救い出されて感謝するより、ただただ彼を憎むことしか頭になかった。家族も、住処も持たない自分を憎悪で支えようとしていた。

再会した希が刃物を持ち出すほど追い詰められているのを見て、和紗は自分の手痛い過ちに気付いた。

この復讐劇はお前のためだとは、もう決して伝えられないと悟ったのだ。

その後、二人は延々と擦れ違うことになる。

「よくよく考えてみたら当然の話だ。朝比奈の家を潰したらみんな丸く収まるっていうのは、俺の甘い考えだった。突然現れて会社を乗っ取ったどこぞの男より、たとえ蔑ろにされていても、自分の家やら血筋やらのほうを大切に思うのは当たり前だろう。俺はそんなことを少しも考えてなかった。あの時まだ小さかったお前が、俺のことを覚えてるはずもない。お前を助け出してやりたいなんて独りよがりもいいところだ」

「あの日のことを忘れていたわけじゃありません。だけど」

希は必死になって、和紗に訴えた。

「だけど、あの子は瘦《や》せっぽちで、もっと小さくて。俺は、最初女の子かと思ったくらいなんです」

「あの子って言うなよ。俺だってびっくりしたんだ。爺さんの家に引き取られた十六を過ぎた頃からいきなり背が伸びた」

「……あの子には、嫌われたと思ってました。俺は遠回しに早く帰ってって言ったようなものだから。びしょ濡れで可哀想だって思ったのに、自分がお義母さんに叱られるのが怖くて、濡れ縁に上げてあげることさえしなくて。あの青鉛筆を大事にしてくれてるなんて、夢にも思わなかった」

情けなくも声が震える。

「どうして俺なんですか。俺なんか和紗さんに何もしてあげられない。傍にいるだけで、不愉快にさせるだけなのに」

「そうやって必死で、一生懸命でいるのが本当のお前だろ。俺に青い色鉛筆を手渡してくれた。天真爛漫《てんしんらんまん》で、お前は昔から可愛かった。小さい手で、握ってた青鉛筆を俺に差し出してくれた。俺に殺意を捨てさせた。俺にはそれが全部だ。お前の全部だ」

「……………」

「俺は怖いよ。お前に拒まれることを思うと体が震える。好きだと告げた後で拒まれるより、憎んでるからだって捕えておくほうがずっと楽だ」

どうしてこの男がこんなにぶっきら棒なのか、今になってやっと希は分かった気がする。

とても簡単なことだった。この男は恐ろしく不器用なのだ。

希と同じ。家族を失って、誰かの愛情を得るのに、とても惨めで悲しい思いをたくさんしてきたのだ。もともとそう饒舌《じょうぜつ》な男でもない。上手く自分の気持ちを伝えようとすればするほど、余計な言葉を口にしてしまうのだろう。

希はいきなり大股で駆けだして、彼の背中に飛びついた。シャツはすっかり濡れて、ところどころに泥が飛んでいる。

「………希？」

「俺は、和紗さんのことが好きです」

もし、振り払われても絶対にもう離れない。

「なんでなのか分からない。あんな出会い方だったのに。だけど、俺は和紗さんのことが好き」

どうしてだろう。雨に濡れることでこんなにも自由になる。

こんなにずぶ濡れになったら衣服も素肌も、自分自身の輪郭さえ、何もかもが意味をなさないからだろうか。どんなプライドも、誇りも、もうここではなんの役にも立たない。あるのはただ、冷えた相手の体を温めてやりたいという思いだけだ。

その気持ちが、和紗の素肌へと流れていったのかもしれない。

「俺は、お前を好きだと言っていいのか？」

先にその言葉を口にしたのは和紗だった。

誠実な口調に、心より先に無理やり体を繋げた罪悪感が滲んでいた。

「俺は香坂やお前みたいにいい家の生まれじゃない。お前の絵を見ても、綺麗だとかよく出来てるとか、そんな陳腐なことしか言ってやれない。持ってる金を使って、欲しいものを用意してやったり、あちこち連れて行ってやったり、贅沢をさせてやるくらいの機嫌取りしか思いつかん。それ以上何をやったって、お前に不愉快で不安な目にばかり遭わせるはずだ」

信じられない。希がずっと欲しいと願っていた言葉を、今、彼は希に手渡してくれているのだ。

「それでも、愛していると言ってもいいか」

雨音にかき消されてしまいそうになるほど、小さな声だった。

希が朝比奈の人間であることはもちろん認識している。だけど、それ以上に希に惹かれている。

希は和紗の背中にしがみついたまま、夢中で主張した。

「あなたの傍に、置いて下さい」

「——抱き締めていいか？」

無愛想な言葉とは裏腹に耳まで赤くなっているのが分かって、希は真正面からしがみつく。

泣いている自分を恥ずかしいとも、情けないとも思わなかった。

雨の降る暗いこの場所で、いっそう深く黒い瞳。水の中に落ちたみたいな黒い瞳。

美しい彼の瞳を見詰めながら、ゆっくりと唇が重なった。

「和紗さん」

雨に濡れたシャツ越しの、熱い素肌。乱暴で、横暴で、どうしようもなく不器用な男に、希は精一杯の気持ちを捧げた。

「——好き」

愛しい。この不器用な男が愛しいと思った。

その迷いも、躊躇いも、全部が愛しくてたまらなかった。

「また、会えてよかった……」

自分たちは呆れるほど不器用で、情けなくて。やっと手を取り合ったと思っても、上手く心を伝えきれずに手を放し、また逃げ出してしまう。

子供の頃から何も変わっていない。けれど、自分たちが惹かれ合ったのは子供だったあの瞬間だ。

宝物だった色鉛筆を差し出したあの時から。

拙い方法で気持ちを手渡そうとしたあの時からもう囚われていたのだ。

――金襴緞子の帯しめながら　花嫁御寮はなぜ泣くのだろ
――文金島田に髪結いながら　花嫁御寮はなぜ泣くのだろ
いつか見た日本画に書かれた「花嫁人形」の一節だった。美しく着飾って嫁いでいく花嫁が、何故涙するのかと不思議がる子供の視点で歌われている。

花嫁の涙の理由について、未《いま》だに正式な解釈はなされていない。

たとえ愛している人の傍に行くのだとしても、嫁入りすればそこからは逃げ出せない。決定付けられる自分の人生を、何かに囚われるように感じ、怯えて涙するのではないか、とも、言われている。

けれど囚われることは希には不幸には思えなかった。相手が誰よりも愛する人ならば。

羽をもぎ取られて自由を奪われて、死ぬまでその手のひらの中に閉じ込められたとしても、希は多分、この男の傍での幸福を疑うことは決してしないだろう。

びしょ濡れのまま、二人は以前に希が使っていた主座敷に転がり込む。

もちろん布団など敷かれていない。

雨に濡れたお互いのシャツを脱ぐのももどかしく、ただ相手の体に触れたいという本能的な欲求に駆られていた。

和紗のネクタイを解き、シャツのボタンを外して左右に大きく開ける。

彼の体に縋って半開きの唇を吸ってもらう。それだけでもう、はしたないほど呼吸が速くなる。

「……和紗さ……」

濡れたジーンズは肌に張り付いて、和紗がかなり乱暴に力を込めて引き脱がせる。半裸にされると、希はすぐに和紗にキスを求めた。あまりにも積極的な希の振る舞いに、和紗は希の後ろ髪を摑んで額をぶつけて、希の体温を測った。

「熱があるんじゃないだろうな、お前」

「ちが……」

「こんなふうにお前を抱いてると、全部夢じゃないかと思って怖くなる」

希の前髪に額を埋め、その幸福な気持ちを唇で伝えてくれる。

「お前が俺にキスして俺がお前を抱き締める。思春期のガキみたいに、都合のいい夢を何回も見た」

希をあやすように、和紗は少しずつ希の体に触れる。焦《じ》れったくなるほど、優しい、甘い愛撫だ。敏感な右足首に、彼の指が触れた。

「リハビリに通ってるらしいな」

「ん……」

「つらいだろう。痛いんじゃないのか」

可哀想に、嫌ならやめてしまえばいいのにと、和紗は希を甘やかそうとする。だから希はきっぱりと答えた。

「でも、痛いのに慣れないと、リハビリにならないです」

当然のつもりで答えたが、和紗はどうしてか複雑そうだ。希の右足を取り、傷に口づける。軽く歯を立てられて、希はびっくりして体を捩った。

「駄目、それ……っ」

「本当は、治してほしくないんだ」

「あ、あ……」

熱っぽく舌を這わされて、希はかすかに息を呑む。

ピンク色の肉が剝き出しになったそこはとても敏感だ。体の内側に触れられている感覚に、とても似ているのだ。

「足が治ったら、お前はどこにでも、どんな遠くにでも一人で行くようになるだろう。外の楽しさを覚えてこの屋敷に帰るのを嫌がるかもしれない。それが怖い」

希が自立して傍から離れていくのが怖いと言う。

「ただ、蝶よ、花よって甘やかしてやりたい。手のひらの中に閉じ込めておきたい。俺の近くが一番いいって思わせておきたい」

苦しいことも、悲しいことも何も知らずに綺麗な世界だけを見せてやりたい。

彼の傍にいたら希は、身を守るものを何ひとつ纏わずにいてもずっと傷つけられることはないだろう。

けれど――――それでは、希が和紗を守れない。

希は腕を伸ばし、愛しい男を抱き締めた。

「俺は、和紗さんを守ってあげたいです」

雨の庭でずぶ濡れになっていたあの子。きっと、色んな場所で心を傷つけられたに違いない、可哀想な子。その子が今、この胸の中にいる。

今度こそ、守ってみせる。今度こそ、ちゃんと抱き締めてあげたい。

「大好き」

そう呟くと、一気に高揚感が胸に押し寄せた。和紗も煽られるように、性急に希を貪《むさぼ》り始める。

早く一つになりたくて、やや忙《せわ》しなく、体を繋げた。開かれた部分はまだ硬く、ともすれば激痛が走ったが、希はつらいとは思わなかった。

「……和紗さん、かずさ、さん……っ」

「希」

名前を呼ばれると、それだけで胸のうちに花が咲くような感謝と喜びを感じる。

抽送が繰り返される間に、呼吸が甘ったるく乱れ、希の内側もだんだん緩んでくる。絡《から》みつくほど柔らかくなったのを、もちろん和紗も感じている。官能を抑制した大人の男が、熱っぽく希に言葉を促した。

希は恥じらって、涙が溜まる睫毛を伏せたが、和紗が悦《よろこ》んでくれるなら、言えると思う。

「……気持ちいい」

素直に感覚を告げたその途端、甘い快感が体中を駆け抜ける。心を剝き出しにすると、体はいっそう敏感になる。

「か、ずさ、ん、が……ってるとこ、いっぱい……気持ちいい」

すっかり育った希の性器から、蜜がとろりと溢れ、零れた。

「ん、…………きもちいい、………いい……っ」

唇を重ね、舌を絡め、吐息を混じり合わせる。腰を打ちつけられ、深い部分を抉《えぐ》られると、悦びに頭の奥が真っ白になる。

絶頂はほぼ同時にやってきた。

「あ……、んん……！」

びくん、びくん、と激しく希の体が痙攣する。和紗は自らも極めながら、しっかりと希を抱き締めていてくれた。

行為が終わった後も、二人は脱ぎ捨てた衣服の上で、手を繋いで抱き合っていた。額や鼻先を擦りつけて、間近で目が合うと照れくさくて、子供みたいに一緒に笑った。

「あ、………外」

囁きのような優しい気配に、希は広縁の向こうを見上げた。

繋いだ手を掲げて、絡んだ指先の向こうを見れば、さっきまで降り続けていた霙はもう雪に変わっていた。

これまでの複雑な関係を完全に覆い尽くす無垢。目に眩しいまでの純白が世界を染め上げていく。

静かに目を合わせて、二人はまた口づけた。

四月になって、希の周囲は突然慌ただしくなった。

若手向けとしては日本で最も有名で大規模な絵画のコンクールで、希の絵が受賞を決めたからだ。

翁の店で、授賞式に何を着て行こうか、シャツと簡単なコットンパンツでいいだろうかと相談すると、

「いかんいかん！　祝いの席に普段着で行く阿呆がどこにおるか！」

希よりずっと興奮した様子の翁が大慌てでテーラーを呼びつけて、希に春物のスーツを作ってくれた。うっすらと水色がかったグレイのスーツで、群青色のネクタイを締めた。

授賞式典で、希は自分が描いた絵の前で何枚もの写真を撮られた。周囲はフラッシュで目《ま》映《ばゆ》く、希は笑ってと声をかけられるたびに目を閉じてしまう。

受賞した絵画のモチーフは海だった。また屋敷で一緒に暮らし始めるようになった直後、和紗が車で連れて行ってくれたのだ。

生まれて初めて間近で海を見た希はすっかり興奮した。何十枚もスケッチを取り、その日のうちに、夢中で一枚絵を仕上げた。広大な風景を描くのは初めてだったが、自分でも満足

のいく出来栄えだったので、受賞したと知らされたときは本当に嬉しかった。

会場の端に、和紗が立っているのが見えた。口元には微笑を浮かべている。その傍らには香坂が立っている。「朝ひな」の事業はますます拡大を続け、最近は海外の企業との連携を企画している。ローマで行われたプレビューに和紗と香坂は立ち会っていたのだ。

コンクールの受賞が公になったとき、傍にいてもらえなかったのは残念だったが、帰国して真っ直ぐにここまで駆けつけてくれたらしい。

インタビュアーの一人が、次の作品は何をモチーフにするのかと尋ねる。

希は少し考えてから答えた。

「晴れた空を描きたいと思います」

綺麗な、澄んだ空を描こう。

雨上がりの空がいい。どこまでも飛んで行きたくなるような美しい空を描こう。

蝶よ、花よと甘やかされる必要などどこにもない。

あなたの傍にいるだけで、世界がこんなに素晴らしいと思える。こんなに幸福なのだと伝えられる一枚を、大切に、大切に描こうと、希は思った。

蝶々と、花びらは

花びらは惜しげもなく夜風に散り、闇《やみ》を舞っていた。

「すごい桜吹雪ですね。夜が見えないくらい」

屋敷の南側にある内庭では、数十本の桜の木が花の盛りを迎えている。その様子を一望に出来る濡れ縁で、和紗と希はささやかな花宴を開いていた。

満月の夜のことだ。手元の行灯《あんどん》だけを残し、周囲の照明は落とした。料理は女中たちに言って希の好物や、料亭から取り寄せた贅沢な料理を詰めた重箱を山ほど運ばせた。もちろん酒もたんと用意してある。

「そうだ、あのね、和紗さん。今日、講義の最中に面白いことがあったんです」

和紗のすぐ隣の座椅子に足を伸ばし、希はにこにこと和紗に笑顔を見せた。大きな瞳と白い肌に、紺地の単衣がとても映える。その目は熱っぽく潤んでいる。

宴で飽食し、花と酒に酔い、どうやら夢見心地でいるらしい。

「骨筋構造学の時間に窓から猫が入って来て、教壇の上に乗っちゃって、いつまで経《た》っても逃げないんです。真っ白でふわふわの、かわいい猫でした」

呂律の回らないおかしな口調で、希は一生懸命に和紗に話し続けている。無意識に甘えているのか、和紗のシャツの袖を握り締めていた。

さっきまで来客があったので、和紗は上着だけを脱ぎ、まだネクタイを締めたままだ。

「先生はその猫を抱き上げて、ついでだから猫の骨筋も勉強しようって。試験に出るかもしれないって、みんな慌ててノートを取って、それでも笑ってて、俺も一緒に笑いました」

少し支離滅裂で益体もない話に、和紗はそうかと相槌《あいづち》を打って、手酌で注いだ酒をあおった。

希はこの春から、美術系の大学に通い始めている。本当は来年受験する予定で予備校に通っていたが、力試しのつもりで今年の入試を受けさせたら、絵画の実技で好成績を収め、名門校に入学を果たした。

今はまだ、何もかもが珍しく、楽しい時期なのだろう。

その日一日、何があったか。何に驚いて、何が嬉しかったか。決して饒舌ではない希が目をきらきらさせて話したがるので、そのまま褥《しとね》の中で、夜明けまで何もしないで話を聞いてやったことすらある。

「和紗さん、それで、それでね」

和紗は片膝を立て、希の盃に徳利から酒を注いだ。

「飲めよ。まだいけるだろ」

希はぽわんとした表情で、和紗の顔と盃を見比べる。淡く色づいた花びらの一枚が、ふわりと盃に落ちた。

「もう、飲めないです。あの、さっきから頭がぼうっとするんです。もう今日はたくさん飲みました」

「飲めない、はない。年上の人間に酒を注がれたらその盃は飲み干す。それが礼儀だ」

目を見つめ、さも年長者の助言であるかのように適当な嘘を教え込む。生真面目で行儀のいい希は、礼儀という言葉にすぐに反応した。

「れいぎ……？」

「そう。大学でもこれから飲み会なんかに出るんだろう。きちんと作法を覚えておかないと、恥ずかしい目に遭うぞ」

希は少し困惑した顔をしていたが、それでも和紗の言葉を疑うことなく、ちびちびと盃を空け始めた。その一心な様子を和紗は眺めている。

幼い頃からさんざんな紆余曲折を経てようやく手に入れた最愛の恋人だ。愛憎は複雑に絡み合い、希には刃物を向けられたことさえあった。けれど真冬の雨の中、二人はようやく抱き合い、心を通わせることが出来た。

しかし、今、恋人の傍にいて和紗はかなり面白くない気持ちでいる。

「ほら、次だ。どんどん飲めよ」

「………は、い」

ふらふらと上半身を揺らしている希は、健気《けなげ》に汲み注がれる酒を飲み続けた。

こんな意地悪な気分には理由がある。

希が大学生活に夢中であることが、和紗には正直、気に食わないのだ。

先日は、親しくなった学友たちとスケッチをしに行くと、画材を持って半日、北大路《きたおおじ》へ出かけていた。わざわざ自分で弁当をこしらえて、前日からそわそわしていた希に行くなとは言えなかった。

その日一日、希がどう過ごしているかと和紗は気が気でならず、仕事中も些細《ささい》なミスを繰り返しては、香坂に呆れられた。

「お前、愛娘に結婚したいって言われた父親みたいになってるぞ」

不吉なことを言うなと内心で舌打ちをしたが、帰ってきた希が頬を紅潮させて、今日一日とても楽しかった、たくさん絵を描いたと夢中で香坂に話しているのを聞いて、ますます複雑な気分になった。

美術系の大学には変わり者が多いと聞いている。広いキャンパスでも、希の浮世離れした美貌はさぞ目立つだろう。彼に懸想する輩《やから》が必ずいるはずだ。そして希は、困ったことに世間知らずな上、警戒心を持たない。

親しげに話しかけられたら、友達が出来て嬉しい、と簡単に心を許してしまうのではないか。

それが和紗には堪らない。本当は、大学になど行かせたくないのだ。他の誰にも見せたくない。どこにも行かせず、ずっと裸にして縛りつけて、一日中傍に置いておきたい。

ままならない嫉妬に、いっそう盃を呷《あお》るピッチが速くなる。

その時、希が手にしていた盃がぱたりと床に落ちた。希はかくんと頭を垂れ、華奢《きゃしゃ》な上半身が和紗の膝の上に倒れ込んでくる。

——しまった。無理をさせすぎたか。

慌てて指を伸ばし、仰向けになっている希の額に指を添えると、希は長い睫毛を上下させて、ふんわりと和紗に笑いかけた。

「和紗さんは、お酒、強いですね。俺よりもっと飲んでるのに、全然、酔ってない」

どうやら、飲みすぎて潰れたわけではないらしい。和紗はほっと溜息をつく。

「ああ……、仕事での付き合いがあるからな」

「そっか。香坂さんも、たくさん飲みますよね」

こちらを見上げている。その視線は、ゆっくりと周囲を囲む花吹雪に移ろう。

「桜色の蝶々が、たくさん飛んでるみたいです。俺も一緒に空を飛んでるみたい。綺麗」

髪を丁寧に撫でてやると、希は気持ちが良さそうに目を閉じる。

そして、不思議そうに眉根を寄せた。

「ん……？」

自分の唇に白い指を添えて、何かを摘《つま》み上げる。桜の花びらだった。

空から舞って来たその一片が、希の唇の上に落ちたらしい。

希は花びらをまじまじと見詰め、それから少し照れたように微笑する。

「……和紗さんが、キスしてくれたのかと思った」

花びらの感触と、和紗の唇を間違ったようだ。和紗はその花びらを手のひらに受け取り、吐息で空へ返した。

「俺は、そんなに優しくないだろ」

「優しいですよ」

希は何も衒《てら》うことなく、率直に答えた。

「和紗さんは、優しい。優しいし、怖くても大好きです」

「…………」

自分でも馬鹿馬鹿しく、愚かだと思う。けれど、希の心からの言葉を聞くだけで、胸の内で猛《たけ》っていた暗い感情がすべて霧散する。

希を夢中にさせている、新しい世界への嫉妬と焦燥。そして独占欲。そのすべてが掻《か》き消えてしまう。

――俺は、そうとういかれてるらしい。

この、心も体も綺麗で純粋な恋人に、惚れ抜いているのだ。

和紗はうたた寝を始めていた希を胸に抱えると、ゆっくりと、床に押し倒す。

浴衣の両身頃をはだけて、柔らかな耳元に鼻先を埋める。

「ん………っ」

耳朶を舌先でくすぐると、希はぞくぞくと体を打ち震わせた。浴衣の裾を割り、下肢に指を忍び込ませると、希にもその意図が知れたらしい。

「ここで……？」

「お前の部屋まで、我慢出来ない」

「でも、ここ、もしかしたら人が来るかも、しれないです」

「こんな小さい行灯があるだけじゃ、何をしてるんだか誰にも分からない。それに香坂に言って人払いしてある」

もちろん香坂にも近づかないように言ってある。

「でも、でも……、あ………っ」

抗議はいっさい聞かない。腰紐を解いてあっという間に希を全裸に剝く。

小さな行灯が照らす狭い円の中で、希の素肌はそれこそ花びらのように、艶めいて見えた。その足の間に、和紗は唇を寄せた。

「は、う……………っ！」

強烈なフェラチオに、希は体を震わせ、甘い吐息を零す。指を食《は》んで声を殺し、切なそうに眉根を寄せている。

潔癖な性質の希には可哀想な話だが、皮膚が薄い分、希はとても淫らで、感じやすい。

その上、酒で体温が上がり、すっかり過敏になりきっているのだろう。恥ずかしがる言葉とは裏腹に、希の性器はもう立ち上がり始め、先端には潤いを溜めている。

「あっん………！」

先端の窪《くぼ》みを抉るように、透明な蜜を指先ですくう。指を伝って滴り落ちるほど潤沢な体液を、恥じらう希にたっぷりと見せつけた後で、慎ましい入り口に塗りつけた。

希は息を詰め、和紗にしがみついてくる。

口づけであやしてやりながら、指で内部を丁寧に解《ほぐ》していく。やがて粘膜は和紗の指に絡みつくほど濡れ潤い、なお、深い悦びを求めてくる。

希が野外での性交を恥じらって、どんなに声を殺しても明らかだ。感じて、貪婪《どんらん》になっている。

「そんな悩ましい表情をされたら、誘われてるとしか俺には思えないな」

「違う……っ」

怒って胸を叩く手首を床に押さえつけ、希の下肢を割る。やや性急ながら、和紗は希の内へと体を沈めた。

「や、だめ、………やぁっ、………ん、ん………──」

衝撃に、希は大きく体を仰《の》け反《ぞ》らせる。抽送が始まっても、それでも唇を噛み締め、声を我慢している。

和紗は真っ赤に染まった希の耳に囁きかけた。

「声、聞かせろよ」

「…………や、だ」

恥ずかしい、とかぶりを振る恋人を、もう一度促す。

「希」

「んん……っ」

まだ触れてもいないのに赤く凝っている胸の粒を、きゅっと指の腹で摘み上げる。感じて、希の内部の襞《ひだ》がいっそう和紗を締め上げてくる。

両足首をつかみ前倒しにして、希の体を強引に折り曲げる。結合を深めると、希はとうとう喜びの悲鳴を漏らした。

「ん、ああァ……っ──……!」

そのまま、希が一番好む、最奥の性感帯を、容赦なく突き上げる。

「あっ！　あ、ん！　……あぁっ!!」

希の腰も快楽に応じてゆらゆらと揺れ始めるが、和紗を見上げるその瞳に涙が溜まっている。セックスに、いつもとは違う雰囲気を感じているのか、かすかな怯えが滲んでいた。

乱れた呼吸を呑み込み、希が口を開く。

「和紗さん、怒って、るんです、か？」

「怒ってる？」

「ん、んっ」

硬く充血した凝りをまた擦ってやると、眉根を寄せ、あえかな声を漏らす。

「俺が、あんまり、お酒を、飲まなかったからですか？」

大きな目から、涙がぽろりと零れた。

「後でちゃんと、たくさん、飲むから……怒らないでください。俺のこと、嫌いにならないで。俺、和紗さんに嫌われるのは、いやだ。イヤです……」

和紗は微笑して、汗ばんだ額に口づける。

「愛してるから、笑った顔も泣き顔も、全部欲しくなる。ただそれだけだ」

「……ん……——」

率直な言葉に、希は恥じらいながらもまた感じたようだ。内部が蠢《うごめ》いたのがはっきりと分かった。

花びらの降る中、二人はいっそう抱き合い、交合を充分に楽しんで、一緒に極めた。


夜半になって風はいっそう強くなり、桜の花びらはあらかた散ってしまった。

朝になって、希は少しだけ残念そうに、庭先に佇んでいた。

――新緑の季節になったら、スケッチブックと弁当箱を持って嵐山《あらしやま》にでも行こうか。

秋には紅葉を、冬には雪景色を。

そうやって、いろんな季節を二人で巡ろう。

ずっと一緒にいようと不器用な言葉で誘うと、恋人は、大喜びで和紗に抱きついてきた。

秘書・香坂東のお仕事

秘書・香坂東《こうさかはじめ》の朝は、多忙である。

特にこんな朝。住まっている屋敷の二階で身支度を済ませ、下りた途端、困り顔の女中が、

「大変です香坂さん、お二人がまた——」と言いながら板張り廊下を駆け寄って来るような、こんな朝は。

雁行《がんこう》した渡り廊下を長い足で歩きながら、香坂は溜息をつく。冬が近い晩秋の朝。空気もこんなにも冴《さ》え冴《ざ》えと澄んでいるというのに、あの二人はまた、何やら仲違いしているようなのだ。

「どうしてそんなに反対するんですか？　俺、そんなに我儘《わがまま》を言ってますか？」

食堂の前室に入ると、朝比奈希《あさひなのぞみ》の必死の声が聞こえた。希は繊細な容貌の持ち主で、普段の性格は大人しく素直だ。朝からこれほど興奮して、声を荒げるのは珍しい。そしてそんな希に、冷静に応《こた》える男の声。精悍《せいかん》な美貌に、難しい表情を浮かべているのが目に見えるかのようだ。

「理由なら、昨日から何度も言ってる。お前はまだ、単独で遠出出来るほど健康じゃない」

二十五歳にして二つの会社を統《す》べる青年実業家。神野和紗《じんのかずさ》だ。香坂の主人でもあり、またプライベイトでは四つ年下の友人でもある。

「だからそれには細心の注意を払います。足の傷が痛んだときの応急処置は療法士の先生から習っています。誰にも絶対に迷惑はかけません。熱を出したりしないように厚着もするし、

旅行の前に病院にかかって、薬も用意しておきます」

「そんな風に注意を払わないといけない時点で二泊も旅が出来る体じゃないと、自分で分からないか？　不測の事態が起きたときにどうするつもりなんだ」

「誰のお荷物にもならないように気をつけます。だから今回だけはどうしても――」

「お荷物なんて、そんな言い方は、してないだろう」

まったく何て不器用なやり取りなのだろう。和紗も希も互いを熱烈に思い合っていて、互いが大切でならないはずなのに……二人とも言葉足らずなのだ。香坂はやれやれと溜息をつき、襖《ふすま》の前に正座する。

「失礼致します」

明瞭な声をかけ、襖をすらりと開く。和紗は香坂の気配にとうに気付いていたようで平然と箸《はし》を使っているが、希は自分がすっかり感情的になっていたことに気付いて真っ赤になった。しおしおと肩を縮め、座椅子に座り直す。今日は大学で一限目から授業がある希は、いつもの和服ではなく、年相応のラフな格好――ジーンズに黒のハイネックのセーター、アイボリーのパーカを身に着けている。口論に夢中だったのか、座卓に置かれた膳《ぜん》はほとんど減っていない。

部屋にはまだ剣呑《けんのん》とした空気が流れている。香坂は背筋をきちんと伸ばし、今まで言い争っていた二人を穏やかに見遣《みや》った。

「何か問題が？　朝からの騒ぎで、女中たちがすっかり怯《おび》えてる。和紗、家長として、希くんより年上の人間として、もう少し上等な遣り取りがあるんじゃないか？」

香坂が諭す声が聞こえない振りで、和紗はぷいと顔を背ける。こんなときは、和紗は主人というより、出来の悪い弟のようにも思える。もっとも、和紗がこんな表情をするのは、希に関する揉《も》め事が起きたときだけなのだが。

香坂は、二人の遣り取りの経緯はだいたい把握している。

和紗が現在、――複雑な因縁を乗り越え、社長を務めている『朝ひな』は絹織物の専門商社だ。日本では和服の老舗《しにせ》として有名で、目の肥えた好事家《こうずか》からの人気も高い。そして現在、『朝ひな』はイタリアを拠点に、当地の企業と連携しながら海外進出を図っている。

和紗や香坂、『朝ひな』の重役たちは、白人女性に着物を作法通りに着せ付けようというような野暮な考え方はしていない。だからと言ってせっかくの友禅をバスローブ代わりに羽織られるというのも、染め抜きや刺繍《ししゅう》の部分だけ切り取ってスカートやワンピースを拵《こしら》えるというのも着物職人たちにとっては非常に残念なことだろう。

だが、ヨーロッパには十九世紀中頃からフランスを中心としてジャポニズムが浸透している。和服の意匠の美しさは欧米人にも理解してもらえるものなのだ。

そこで『朝ひな』は改めて日本文化を欧米に紹介するため、和服そのものよりその図案や意匠を見る楽しみを先に海外に紹介した。モチーフの生き生きとした生気を損なうことない、日本画の繊細で精緻な画法に親しんでもらうのだ。その為、方々の美術館から国宝級の大型絵画を借り入れ、イタリアで大々的な展覧会を開いたところ、大盛況となった。

一方で、『朝ひな』は海外の文化を日本に紹介する企画にも力を入れている。

まず、手始めとして、親日家で有名な画家ロッセオ・ベルツォーニをこの京都に招いた。まだ三十代半ばと画家としては若いが、イタリアの画壇では天才と持て囃《はや》されている。彼がキャンバスに写す光景はまるで神様の祝福を受けたように神々しいと賛美されている。ベルツォーニ本人は頭頂部が少々あやしいものの、長身にイタリアンブランドをさらりと着こなし、画家というより新進のデザイナーといった風だ。

ベルツォーニは精力的に、日本の気鋭の新進画家たちとの交流会に参加し、同時通訳者を挟んでの独演会を開き、いくつもの取材を快く受け、さらに日本の伝統美術に興味を示し、京都観光を済ませた。さらに、プライベイトな時間をとって東京に行きたい、と言って来た。人種と嗜好の坩堝《るつぼ》、今や世界で最も刺激的な都市と言われるトーキョーにだ。

ベルツォーニは明治神宮や皇居、都庁、ハラジュク、アキハバラなどのスケッチを取りたいと言っている。そして、この交流会の主催者である和紗が希が描いた絵と共に希を紹介した途端、ベルツォーニはそのダークグレイの瞳《ひとみ》をきらきらと光らせた。

希は大学在学一年にも満たない間に、二つの大手コンクールで銀賞、審査員特別賞を得ている。ベルツォーニは希の絵を非常に素晴らしいと評価し、東京行きに同行するよう言った。

二人並んでスケッチを取り、ベルツォーニが直々に希の絵を指導してくれるというのだ。

希は飛び上がらんばかりに喜んだが、和紗はこれに即、否をつけた。

表面上は、希の体調が問題と言っている。もちろんそれも重要な問題だが、和紗は別の危《き》惧《ぐ》を抱《いだ》いているのだ。

希がどうしてもと頑張っているのは、ベルツォーニが希の憧れの画家の一人だからだ。憧れの画家に師事を受ける。それは滅多とない機会だ。和紗もそれは分かっているので、本当は希を東京に行かせてはやりたいのだろう。たった二泊のことだ。和紗は決して狭量な男ではない。

だが、和紗は食後の茶を飲み、その鋭い眼差《まなざ》しで希を見遣った。

「さあ、この話はもう仕舞いだ。お前、今日は一限から授業だろう。遅刻するぞ」

「あ……」

希は細い腕を翻し、腕時計を見た。

地味だがフォルムが美しい腕時計は、和紗が希の誕生日に買い与えてやったものだ。ブランド物に疎い希は、それが新品の軽自動車くらいなら軽く買える価値があるということに、未《いま》だに気付かずにいる。

この屋敷で不遇の少年時代を過ごした希だが、豪奢な衣装や小物を見る機会は同じ年頃の子供の比ではなかっただろう。そのせいで、質のいいものに対して非常に無頓着だ。ものの良し悪しが分からないのではなく、年齢の割には目が肥えているからだろう。

「待てよ、希くん」

あたふたと立ち上がる希に、香坂は優しく声をかける。足元に置かれていたマフラーを拾い上げ、丁寧に巻いてやった。

「食事、ほとんど手をつけてないじゃないか。そんなだと昼までに腹ペコになるぞ」

「あ、あ、でも、食べてたら一限が始まっちゃうから」

香坂は近くで食事の世話をしていた女中に希の折敷《おしき》を示した。

「鮭の切り身をほぐして、お結びを二つほど拵えて貰《もら》えるかな。卵焼きも一緒にアルミホイルで包んで、弁当にしてやってくれ。希くん、これなら授業が始まる前にさっと食べられるだろう」

「ありがとうございます……」

「おい」

二人の遣り取りを聞いて、ますます機嫌を悪くした様子の和紗が口を開く。

「遅刻しそうだからって無駄に走るなよ。今日は冷えるから傷に響くだろう」

「…………はい」

希は一応、和紗に応えを返したが、ベルツォーニとの東京行きを反対されているのがまだ納得いかないのか、ぷいと背中を向ける。

「……行って来ます」

香坂は苦笑する。喧嘩《けんか》をしても、この子の生来の行儀のよさはそのままだ。ぺこりと頭を下げ、希は今日も大学へと出かけて行った。

「いい天気だ。本当ならハイキングにでも行きたいところだなあ」

屋敷の車寄せからメルセデスが出発する。今日は五十日《ごとび》でもなく、事故があったというニュースも入っておらず、高速道路はスムーズに流れているらしい。

和紗は香坂の言葉に何も応えない。柔らかなシートに身を沈め、足を組んだ尊大な態度で前方を眺めている。

香坂は口調を改め、ノート型PCを開いた。

「社長、今日のご予定と、特記事項ですが」

和紗が社長を務めるのは『朝ひな』だけでなく『ハイブリット・ファイナンス』という金融業者の二つだ。その二つの社長としてのスケジュールはすべて、香坂が管理しており、一日の予定の確認は朝食時か、または屋敷から社へ向かうこの車の中で行われる。

香坂は後部座席の和紗の隣に座っている。本来なら秘書の香坂は助手席に乗るべきだ。これはもともとプライベイトで親しい仲であることを盾《たて》に主従関係をいい加減にしているのではない。単にノート型PCの画面を見ながら打ち合わせをすることも多いので、並んで座る方が便利だからだ。公私の別は、寧《むし》ろ和紗より香坂の方が厳しく弁《わきま》えている。

香坂は、年下のこの男の補佐に回ることを自ら望んだのだから。

「まずは『ハイブリット・ファイナンス』について。規模の大きいさる組織から大口の融資を頼まれてる。利子などの条件はこちらの要望のままで構わないとのこと。問題はこれが公的機関であることだ。ただの勘だが、少々きな臭い匂いがする。判断は社長に委《ゆだ》ねる。細かな資料はそちらのPCに転送しておく。PW《パスワード》はいつもと同じ。決裁は本日十一時までに。その後、同業のACローンの社長と会食」

「ああ、分かった」

「それからアメリカに視察へ行かせている社員から、あちらのアパレル関係の詳細なレポートが届いている。社報に載せるので社長のコメントが欲しい。これは十四時までに。それと、翁《おきな》からそろそろ月例報告書を持ってこいと矢の催促だ」

「ああ、分かった」

「昨日、屋敷の洗濯室から野良猫が入り込んで、女中部屋やら走り回り大騒動だったとのこと。男衆でもなかなか捕えられず、茶碗は壊すわ、池の鯉《こい》を狙うわで、女中・庭師総出の大捕り物だったらしい」

「ああ、分かった」

　流れいく窓の外の景色を眺めたまま、聞いているのやらいないのやら、和紗はぼんやりとしている。香坂はやれやれ、と肩を竦《すく》める。

所謂《いわゆる》、色ボケというやつだ。

希の望みは何でもすべて叶えてやりたい。希が喜ぶ顔がみたい。だが現実には、和紗には仕事があり、始終希の面倒を見てやるわけにはいかない。そんなジレンマに、和紗は追い詰められているらしい。苦労して心を結んだ恋人なのだから尚更《なおさら》だ。

「ずいぶんぼんやりしてるな。いいのか、そんなで。ぼけっとしているうちに、せっかく乗っ取った老舗『朝ひな』を別の悪人に横取りされるような間抜けな真似はしてくれるなよ」

痛烈なからかいを口にしながら、香坂はＰＣを閉じた。

「会社の運びは順調と思うが。何が不満なのかな、うちの社長は」

「俺が言わなくても分かってるんだろう。ベルツォーニの件だ」

やはりそのことか。

ベルツォーニの件。ひいては、希の願いを聞いてやらなかった件。滅多に自己主張をしない、希の頼みだったのに、諾《だく》と言ってやらなかった。香坂はわざとらしく肩を竦める。

「喜ばしいことじゃないか。ベルツォーニは本物の芸術家だ。彼から指導を受けられたらいい刺激になるだろう。大学のシステマティックな授業だけで希くんの才能を引き出すのは難しい。優秀な指導者のもとでしか、優秀な後継者は育たないよ」

「分かってる。そんなこと」

「だったら、希くんをベルツォーニに預けてみたらどうだ？　たった二泊ばかりのことじゃないか」

とぼけた口ぶりでそう言うと、和紗が射殺《い》さんばかりの目でこちらを睨《にら》んだ。その視線の激しさに、香坂はおやおやと苦笑いを浮かべる。

「バカを言うな。お前、ベルツォーニの性癖を知ってるだろう」

もちろん、それは香坂も了解している。

カミングアウトこそしていないが、ベルツォーニが同性愛者であることは有名だ。それも賢そうで美しい黒髪と滑らかな素肌を持つ美少年を数人、愛人として囲っているという。

つまり希は、ベルツォーニの好みそのものなのだ。だから希の絵画の指導をしたい、とベルツォーニが言い出したとき、芸術家としての純粋な善意からなのか、二泊の東京旅行で希を無理やり手籠《てご》めにしようという算段があるのか、香坂にも和紗にも判断しようがなかった。

「もしかしたら希くんの才能に純粋に惚れ込んだだけかもしれない。翁が言うには、希くんの才能は身内びいきを引いても本物らしい。ベルツォーニは何の悪意もなく、希くんの作品に助言をしたいと思ってるだけかもしれない」

お前はベルツォーニに狙われてるかもしれない、気をつけろなどと希に言うと、尊敬する芸術家への誹謗中傷《ひぼうちゅうしょう》だと、希は本気で怒るかもしれない。和紗の溜息はますます深いものになる。単純に、恋人を他の男と二人きりにするのも嫌なのだろう。

一旦、社についてて朝のミーティングを終え、社長室に入ってからは幾つもの議案を決裁する。そして昼が近付くと、予定通り他社の社長との会食へ向かう。

だが、香坂自身がハンドルを握るメルセデスが会食を予定していたホテルへの道を外れ始めたことに気付き、和紗が不審そうな顔を見せる。

「予定はキャンセルしておいた。お前には行きたい場所があるだろうと思ったから」

車は一時間とかからず、今、和紗が最も訪れたい場所へ到着した。

即ち、希が通う美術大学だ。

昼休みが終わり、三時限目の半ばだろうか。

芸術の総合大学なので、近くの欅《けやき》の林の中でトロンボーンを一心に吹いている者もいれば、どこかからオペラのアリアも聞こえる。練習場所にあぶれた者が、野外で基礎練習をしているらしい。

メジャーと木槌《きづち》を持って道を這いずり謎の動きをしている集団もいれば、そこここにイーゼルを立てかけ、キャンバスに向かっている者もいる。キャンパスは広く、様々な形の建物が散在しており、その隙間《すきま》を常緑樹の深い森が野放図に広がっている。

「三時限目は、希くんは何の講義もないはずで自由時間なんだ。希くんは、森の奥に気に入った場所を見付けて、その場所の絵を一枚描こうとしているらしい」

香坂はその話を希に聞いてから、部下を使ってすぐに希の「気に入りの場所」を突き止めておいた。

希の居場所は常に把握しておきたい。

希の気に入りの場所は、二十歳前後の若い学生達の喧騒を離れた、深い深い森の中だ。その中央には、湖ともいえる大きな池。それをぐるりと囲う銀杏《いちょう》の葉はとうに落ちている。だからこそ空の青さがいっそう深く感じられる。だが寒々しく誰も好んで寄りつかないのか人気はない。そんな場所だ。希はその場所に、何らかの霊感を感じたのだろう。

指先を切り取った軍手を両手にはめ、キャンバスに向かい、一心不乱に色付けしている。時折吹きすさぶ風にも何ら堪《こた》えた様子はない。キャンバスに向かう希の背中から三十メートルほど離れた場所から二人は希を見ていたが、その凄《すさ》まじい集中力は感じ取れていた。

和紗が舌打ちしたそうに低く呟《つぶや》いた。

「まったく……悪い足をこの寒気に晒《さら》して。あれで自分はもうしっかりしてきたなんて思ってるから始末が悪いんだ。何だってひざ掛けくらい持って来ないんだ」

「前に聞いたことがある。寒空に咲く庭の花をスケッチしているときだ。花は冷たい風に晒されているのに、自分だけ暖かい思いをしていると、本当の景色は見えない。希くんは一見柔和だけど、自分の絵画にはとことん厳しい。その厳しさは、残念ながら俺たちには入り込めない領域だ」

「…………」

和紗は黙って、キャンバスに向かう希を見詰めていた。時折希の体の向こうに見えるキャンバスは、この晩秋に相応《ふさわ》しく、冷たく澄んだ色彩を湛《たた》えていた。

香坂は、少しからかうような声音《こわね》で和紗に尋ねる。

「せっかく予定を変えて連れて来たのに。声をかけないのか？」

「いや、いい。このままここで見てる」

香坂の問い掛けに、和紗はいっそう目を眇め、短く答える。照れたときの、彼の癖だ。

「……俺はあいつの絵も好きだが、あいつが絵を描くのに没頭してるのを見るのも好きなんだ。多分、何時間でも、あいつが気付くまでこうしていられると思う」

「そうか」

たいそうな惚気《のろけ》を聞かされた気がして、香坂は心中で苦笑した。

和紗と希。二人の出会いは最悪だったが、今は至上の恋人として結ばれている。

野生の獣のような目をしていた和紗が、その黒い瞳に、慈愛という優しい色合いを浮かべている。だからこそ、今、胸の内に用意した言葉を口にするには、少々勇気がいらないでもない。

香坂はなるべく平静を装い、和紗に告げる。

「和紗。俺は希くんをベルツォーニと一緒に旅行へ行かせるべきだと思う。実はもう、二人が東京に行けるよう、手配を済ませてあるんだ。ベルツォーニにも、その旨は伝えてある」

「何だと……!?」

思った通り、獣が低く唸《うな》るような返事が返って来た。

問答が希に聞こえるといけないので、二人は剣呑な空気を纏《まと》わせたまま、森を出る。スーツを着た大人二人に、通りかかった学生たちは怯えたような顔で通り過ぎていく。

香坂はいつもの飄々《ひょうひょう》とした態度で和紗と向き合った。

「まあそう睨むなよ。お前の危惧は分かる。希くんは決して体が丈夫じゃないし、足のこともある。おまけに同行するベルツォーニは大の美少年好き。お前が宝物にしてる可愛い恋人が毒牙にかからないとも限らない」

「それが分かっていてどうして東京行きを呑んだりしたんだ！」

ベルツォーニの大の美少年好き、それが希の東京行きを大きく阻んでいたのだ。体が弱いから、足にまだ未完治の傷があるから、というのは和紗が無理やり引き出した言いがかりだ。

「絵の指導をするとなったら、希がベルツォーニと二人きりになる時間だって多くなるだろう。その間、何か間違いがあったらどうする‼」

「そう。確かに、希くんがベルツォーニと二人きりにならないよう、見張る人物が必要だ」

「そんなことは分かってる。出来るなら俺が東京行きに同行してる。だが俺も、お前も、仕事が忙しくてどうしても二泊三日の時間が取れない。だからあいつを悲しませてまで反対してるんだろう！」

この勢いでは殴られかねない。香坂はまあまあ落ち着け、というように、和紗に両手を開いてみせる。和紗は冷静な振りをして実は大変な激情家なのだ。

そんな和紗に、香坂は悪戯《いたずら》っぽく目を輝かせて見せた。

「俺でもお前でもなくて、東京旅行だろうが北海道旅行だろうが、道楽でいくらでも時間を潰《つぶ》せる暇人がいるじゃないか。俺たちのすぐ傍《そば》に」

「はぁ……？」

「しかも希くんにはお前以上に惚れ込んでる。悪い虫も決して寄せ付けない。付き添いを頼んだら寧ろ大喜びで東京に行ってくれるだろう。それも、希くんの体のケアもきっちり行ってくれる」

意味が分からず呆気《あっけ》にとられている和紗に、香坂はくつくつと笑ってしまう。敏《さと》いようで鈍感で不器用。彼ら恋人同士はまったくお似合いだった。


希を東京へ送り出して二日が経《た》った。

香坂と和紗は、京都駅のホームに立っている。グリーン車の扉が開いた途端、二人は同時に頭を下げる。

「翁、お帰りなさいませ」

グリーン車を一車両完全に借り切って、東京からこの京都まで帰って来たのだ。

この老人は香坂と和紗が世界で唯一頭が上がらない人だ。香坂にとっては実の祖父、和紗にとっては子供の頃から世話になっている恩人、ということになる。

翁は杖《つえ》をつきながらも満足そうに和紗と香坂を見下ろしている。

「うむ。出迎えご苦労じゃ。久しぶりの東京じゃったがいい息抜きになったわ。あの都庁やらも、評判はわるいが、建築としてはなかなか意外性があって面白かったぞ。なあ、ベルツォーニ」

翁とがっしりと肩を組み合い、ベルツォーニはどこで覚えたのか、それでもずいぶん上機嫌で「同期の桜」を京都駅のど真ん中で陽気にハミングしてみせる。

「さあベルッツォーニ!! ここ京都こそは儂《わし》のてりとりぃじゃ。京都観光をしたとは聞いたがそんなものはどうせ上っ面。本当の京都はここに住むものにしか分からん。このままイタリアに帰すわけにはいかんぞ。さあさあ、まずは飯じゃ。車の用意は済んでおろうな」

翁とベルツォーニの後ろから、希が降りて来る。さらにぞろぞろと出て来たのは未だ経済界の重鎮である香坂翁の護衛である。医学の知識がある者がいるので、翁の世話はもちろん、希が万一体調を崩したときも、診て貰える。

ベルツォーニが悪さをしようにも、翁の希への寵愛ぶりは海外から来たアーティストの目にも明らかなはずで、手出しのしようがなかったはずだ。東京旅行が余程楽しかったのか、翁もベルツォーニも大変なハイテンションだ。二人はすっかり意気投合しているらしい。ベルツォーニが大きな手で腹を擦《さす》る。

「オウ、アイム・ソー・ハングリー」

「それは大変じゃ。ベルツォーニ、レッツ・ゴー・ツゥー・イート・カイセキーディッシュズじゃ。希もじゃぞ、さあ急げ、急げ」

希は急いで三日間世話になった翁に駆け寄ろうとするが、それを香坂は絶妙のタイミングで押し留《とど》めた。翁の役目はここまでで充分だ。

「失礼、翁。希くんはこの後、大学で講義がありますので」

「そんなもの、サボタージュさせればよかろう」

翁は不満そうに眉《まゆ》を顰《ひそ》める。可愛い希と、愉快なイタリア人の友人と三人で地元京都で美《う》味《ま》い懐石を食べようと算段していたのだろう。

「生憎《あいにく》ですが、来年からの専門講義に影響するとても大事な授業だそうです。翁はベルツォーニと京都観光を楽しんで下さい」

「うむ、こ奴はなかなか日本のわびさびを心得ておるよ。二泊三日の間、儂の傍で日本文化の話を聞き、秋葉原には素晴らしいインスピレーションを受けたと大喜びしておった」

「ノゾミ！」

ここで希とお別れになると知ると、ベルツォーニは希を抱き寄せ、ハグをした。男性同士にしては、かなり濃厚なハグで、和紗の全身からめらめらと嫉妬の炎が上がるのが分かる。

香坂はさりげなく希とベルツォーニをひき離した。希のいない二泊の間、和紗がどれほど落ち着かずやきもきしていたか、今度希に話してやろう。香坂はやはり翁に同行してもらってよかった……と内心思ったのだった。だが、ベルツォーニと翁の友情も確かなものであるらしい。彼らは護衛を引き連れ、改札口への階段を降りて行く。ホームに残ったのは、香坂と和紗、そして東京から帰って来たばかりの希だ。

「まるで嵐だな……。あの渦中にいて、疲れなかったかい、希くん」

「平気です。あっちこっち連れて行ってもらって、たくさんスケッチを描いたけど……ベルツォーニさんのアドバイスは的確だったし、色んなものが見れたし。すごく充実しました」

希も東京旅行を存分に楽しんだのか、目をきらきらさせている。

「そう。じゃあこれを渡しても大丈夫かな。ここにあと二十分で発車する静岡までの新幹線の往復チケットがある。それからこの鞄《かばん》の中には、君たち二人の着替えが一式」

それらを、希に手渡す。希はすっかり目を白黒させている。

「え……？　ええ……っ？」

「希くん、東京から帰ったばっかりで疲れてるかもしれないけど、ベルツォーニや翁との小旅行だけじゃなく、君の恋人とも付き合ってやってくれないか？」

不器用な主人と、その少しばかり鈍感な恋人。誰かが上手に彼らを導いてやらなければならない。それが香坂で構わないなら、喜んで彼らの手を引いてやろう。それが彼らの幸福になるなら、厭《いと》うものは何もなかった。

　思わぬ事態に動揺しているのは、和紗も同じらしい。荷物とチケットを見比べ、困惑顔のままで尋ねる。

「静岡まで……？　だが、俺にはこれから社に帰ってまだ仕事が――」

「心配ない。至急の用件についてはもう手を打ってある。たかだか一泊の旅行だ。携帯も持ってるだろう？　それに、ベルツォーニや翁ばかりに希くんとの旅行を楽しませていいのか？」

　そう煽《あお》ると、和紗の横顔にははっきりと「良くない」と、恋に惑わされる男の単純な欲望が現れた。和紗が決然と顔を上げる。そうして、勢い良く希の腕を取った。

「行くぞ、希」

「えっ？　ええ!?」

　まったく状況の分かっていない希は、和紗にされるがままだ。香坂は希と目を合わせ、何も心配することはないとにっこりと笑顔を見せてやる。

「ひかり号でほんの一駅の小旅行だけど、富士山が見えるとてもいい宿を予約しておいた。天然温泉が湧《わ》いていて、料理も最高に美味い。翁が気に入りの宿なんだ。さあ、急いで」

　香坂の説明を聞いたかどうか、希は和紗に担がれるようにしてホームの昇降口を下りて行った。隣接したホームから出るひかり号に乗るためだ。

やがて、京都を発《た》つ新幹線を、香坂は見送った。二日ぶりに会う恋人を乗せ、新幹線は霊山を仰ぐ街へ向かう。香坂は微笑《ほほえ》ましい気持ちでそれを見送った。

二人は翁の気に入り、香坂のお勧めだという宿に投宿した。そして宿の名物だという個室用の露天風呂に早速浸《つ》かった。温度がやや温《ぬる》めで、疲れを取るにはとてもいい塩梅《あんばい》だ。そこでゆったりと湯に温まりながら、二人は、離れ離れでいた二日間のことを話す。主に、希がどんな風に東京で過ごしたか。

「ベルツォーニさんはとてもいい人でした。明治神宮や、都庁と、赤門とか……色々スケッチしたけど、色彩のアドバイスは通訳さんを挟まなくても、心で伝わって来て。翁もずっと傍で見ていて下さっていて意見をおっしゃってくれたから。とても勉強になりました」

なるほど、翁のすぐ傍では、ベルツォーニも手出しが出来なかったようだ。だがその分、ベルツォーニは翁とすっかり仲良くなり、ホテルのスイートルームでは翁から日本の軍歌を習って酔っ払って絶唱していたらしい。

だが和紗はまだ少々、不安がある。湯の中で、紅潮した希の体を抱いた。ちゃぷん、と水《みず》飛沫《しぶき》が上がる。

「まさかと思うけど、ベルツォーニに何かおかしなことを、されなかっただろうな？」

「ベルツォーニさんが？　おかしなことって？」

希はきょとんとしている。嘘をつけるような器用な恋人ではない。和紗は三日ぶりにやっと心に平静を取り戻した。

「――いや、何もなければそれでいいんだ。本当に、何もなかったんだな」

和紗は湯の中で、胡坐《あぐら》をかいた膝の上で真正面から希を抱き締める。そうして、湯ですっかり上気した乳首を舌先で突く。希の、とても、とても弱い場所だ。

「何……？　や……っ、やぁ……」

希の拒絶を無視して、口に含み、いやらしく舐め転がすと、徐々に血の気を得てそこは素直に尖《とが》った。多少の意地悪は許されるはずだ。何もなかったにしろ、この恋人は薄情にも二晩も自分の傍を離れ、別の男といたのだから。舌で弱い粒を刺激しながら、同時に指先で、膝の上の希の秘密の部分を押し開く。

希は慌てて膝を閉じようとした。そこの内奥が、希が一番感じやすい部分だ。

「……ダメ、そこは、だめ……」

「声なら誰にも聞こえない。ここは個室用の露天風呂だ。久しぶりに、お前の甘えた声が聞きたい」

恋する人にそんな風にねだられて、跳ねつけられるわけもなく、希は頬《ほお》を羞恥に真っ赤に染めながら、和紗の命令を待たず、両足を大きく開いた。

「どうぞ、和紗さんの、満足がいくように……」

それに遠慮をする和紗ではない。

従順な言葉を口にした甘い唇を貪《むさぼ》り、湯の中では下の唇の感触を、指で味わう。まだろくに愛撫してはいないのに、希は容易《たやす》く、和紗の指先を受け入れた。

「……お前も欲しかったのか？　この三日間……」

「違う……あっん……、そんな……！」

違う、と言いながら、希は奥へ、奥へと和紗を誘い込む。もっと深く、自分を暴いてと。湯気に、甘い、甘い嬌声が混じる。和紗は愛しげに希を見下ろす。二人の夜は、まだ始まったばかりだ。


同日深夜、朝比奈邸。

香坂は二階にある和紗の仕事部屋に入って、デスクトップの前で数件のメールに返事を出している。それが終わると、緊急度の高い順にプリントアウトした稟議書を順番にまとめて並べておく。

和紗には、至急の仕事はない、お前は心置きなく希との小旅行を楽しめとは言ったが、企業活動がそう簡単にいくわけがない。

やはり社長の決裁が出なければ動かせない商談や企画が多くある。和紗には「仕事の方は任せておけ」と言って旅行に送り出しはしたが、やはり重要な決裁については和紗の判断が必要だ。香坂は何とか、それらの決裁の時間を一日程度遅らせてやっただけだ。

明日、和紗が帰宅したら休む間もなくこの部屋へ押し込み、仕事をさせなければならない。

つまり香坂は得意の口八丁で和紗を小旅行へと行かせたのだ。明日からの和紗の多忙を思うと少々気の毒ではあるが、今頃恋人と二人きりで甘い夜を過ごし、英気を養っている頃だろう。希との小旅行の算段をつけてやったのだから、その後は馬車馬のように働いてもらってもバチはあたるまい。

和紗には少々恨まれるだろうが仕方ない。主人を上手《うま》く操縦すること。

これも、秘書の重要な仕事なのである。

あとがき

こんにちは、または初めまして雪代鞠絵です。

本作「蝶よ、花よ」は以前に某社様からノベルズとして出版していただいたものを、今回有り難くルチル文庫様で文庫化していただきました。お話としてはとにかく「和風ゴージャス」を目指したように思います。純和風大邸宅を舞台に、花に着物、行灯に美しい和風のお料理……。著者校をしたり、書き下ろし分を書いていると色々当時のことが思い出されました。和風建築でどうしても分からないことがあり、資料にしていた本を出されている出版社に電話で突撃して質問してみたり、懐石料理を食べに行って仲居さんにあれこれ細かくお料理について伺ったりもしました。何もかもが懐かしいです。

そして今回の文庫化にあたって、せら先生に表紙を描き下ろしていただきました。ノベルズのときも、先生が描かれるカラーの美しさ、モノクロ挿絵でキャラクターをいっそう魅力的に見せて下さる描写に心底大感激で何度も何度も見返したものですが、今回の文庫版表紙も本当に美麗です。眼福。せら先生、御忙しい中本当にありがとうございました。

そしていつ何時に電話しても会社にいらっしゃる担当編集者のF様。いつもお世話になっております。たまにはゆっくりお体を休めて下さいね（いつもご迷惑おかけしてます…）。

文末になりましたが、読者の皆様。文庫版「蝶よ、花よ」、お手に取っていただけるととても嬉しいです。いつも応援下さって本当にありがとうございます。

それではまた、どこかでお会い出来ますように…。

雪代鞠絵

✦初出　蝶よ、花よ…………………アイノベルズ「蝶よ、花よ」(2004年11月)
蝶々と、花びらは………「蝶々と、花びらは」特別付録小冊子
(2004年11月)
秘書・香坂東のお仕事…書き下ろし
JASRAC出0717958-701

雪代鞠絵先生、せら先生へのお便り、本作品に関するご意見、ご感想などは
〒151-0051 東京都渋谷区千駄ヶ谷4-9-7
幻冬舎コミックス　ルチル文庫「蝶よ、花よ」係まで。

幻冬舎ルチル文庫

蝶よ、花よ

2008年1月20日　第1刷発行

✦著者　雪代鞠絵　ゆきしろ まりえ

✦発行人　伊藤嘉彦

✦発行元　株式会社 幻冬舎コミックス
〒151-0051 東京都渋谷区千駄ヶ谷4-9-7
電話 03(5411)6432[編集]

✦発売元　株式会社 幻冬舎
〒151-0051 東京都渋谷区千駄ヶ谷4-9-7
電話 03(5411)6222[営業]
振替 00120-8-767643

✦印刷・製本所　中央精版印刷株式会社

✦検印廃止

ISBN978-4-344-81212-3　C0193　Printed in Japan